Schund und Bühne
Kolja Fach

Kolja Fach

Schund und Bühne

Erste Auflage 2020

Lektora GmbH
Schildern 17–19
33098 Paderborn
Tel.: 05251 6886809
Fax: 05251 6886815
www.lektora.de

Druck: MCP, Marki
Covermotiv: Leonie Hülshoff
Covermontage: Kolja Fach & Denise Bretz
Lektorat: Lektora GmbH, Denise Bretz
Layout Inhalt: Lektora GmbH, Denise Bretz
Printed in Poland

ISBN: 978-3-95461-156-0

Inhalt

Montag, der Erste (Ein gutbürgerliches Trauerspiel in drei Gängen) 11
Dienstag, der Zweite (Protokoll einer Zugreise) 18
Mittwoch, der Dritte (Literaturpodcast: Volksmusik) . 25
Donnerstag, der Vierte (Wann ist das eigentlich passiert?) 30
Freitag, der Fünfte (Big Business) 34
Samstag, der Sechste (Die Gedanken sind frei – von Inhalt) 38
Sonntag, der Siebte (Therme) 43
Montag, der Achte (Die Weinverkostung) 50
Dienstag, der Neunte (Elternbrief) 56
Mittwoch, der Zehnte (Der Fußballfan – Faudor Pedifollis) 62
Donnerstag, der Elfte (Trixi) 66
Freitag, der Zwölfte (Trixi 2) 69
Samstag, der Dreizehnte (Trixi 3) 71
Sonntag, der Vierzehnte (Literaturpodcast: Haftbefehl) . 73
Montag, der Fünfzehnte (Rüdiger) 76
Abspann (Gespräch nach einem Auftritt) 81
Nachwort und Danksagung 83
Hidden Text 85

Für Lina, die sich meinen Mumpitz
24/7 unlektoriert anhören muss

Humor

Vorwort von Jann Wattjes

Was ist eigentlich Humor? (Zugegeben, eine ambitionierte Fragestellung für ein einseitiges Vorwort.)

Ist es nur noch die popkulturelle Referenz, gefangen in der Kombination aus Schriftart »Impact« über einer ungünstigen Paparazzi-Aufnahme einer egalen Prominenten? Der in der Geburtstagstorte sitzende Hund aus der monetarisierten YouTube-Kompilation? Das Luke-Mockridge-Stand-Up aus zielloser 90er Nostalgie; der problematische Mario-Barth-Monolog über Geschlechterrollen; was auch immer gerade wieder in Dieter Nuhr gefahren ist? Wo findet Humor statt? Brauchen wir wirklich noch den Karneval, der sich anmaßt, Humor mit einem einfachen Tusch als solchen verbindlich machen zu können? Ist Humor strikt ein Kennzeichen der Freizeit; brauchen wir eine Bühne oder ein Medium für Humor; und wird mehr gelacht, wenn wir dafür Eintritt bezahlt haben? Und war Humor nicht schon einmal weiter? Haben Monty Python, Loriot oder Helge Schneider Humor vielleicht schon so erfolgreich dekonstruiert, dass der kontemporäre Humorist diese Einzelteile gar nicht mehr zusammenzufügen kann? Kolja Fach findet und kreiert Humor dort, wo wir ihn am wenigsten vermuten, aber am meisten brauchen: in den Qualen der zeitgenössischen Volksmusik, der verstümmelnden Hot-Stone-Massage, dem Großhirn Guido Reils

(Vorsicht, Oxymoron), dem Knochenjob Hundesitter oder dem Biotop Fußballstadion. Der Autor dieses Buches ist jetzt mindestens 15 Jahre alt und schafft es nicht nur, seine Bühnentexte fehlerfrei abzutippen, Antworten auf die wichtigen Fragen des Lebens zu finden (Bsp.: »Was hat Baba Haft mit meiner Stadt vor?«) oder Künstlern am anderen Ende des Zenits eine Plattform in seinem Erstlingswerk zu geben.

Nein, Kolja Fach macht vor allem eines: sehr viel Spaß.

Montag, der Erste

Erster Gang:

»Erinnert ihr euch noch, wie Oma Renate in der Rede auf ihrem Achtzigsten gesagt, ha, wie schade sie es findet, dass ihr Mann nicht mehr unter uns ist?«

»Ich wette, unter *ihr* wird der Jahre nicht gewesen sein.«

Hysterisches Gelächter auf allen Plätzen.

Ich sitze mit meiner erweiterten Familie an einem langen Festtisch in einem biederen Restaurant in einer der sicher langweiligsten Regionen, die das Land vorzuweisen hat.

Die »erweiterte Familie« besteht neben meinen Eltern und Geschwistern aus Tanten, Onkels, Großeltern, Großcousins und -cousinen und einer unüberschaubaren Anzahl von Menschen, die ich meiner Meinung nach noch nie in meinem Leben gesehen habe. Grade diese Menschen sind es, die mir zur Begrüßung stürmisch um den Hals gefallen sind, als wäre ich ein verschollener Matrose, der nach zwanzig Jahren heimgekehrt ist. Darauf folgt immer mein Lieblingssatz: »Du weißt bestimmt nicht mehr, wer ich bin.«

Stimmt. Ich sage aber: »Doooooooch ... Klaaaaar!«

Die Antwort reicht meistens, um sich aus der schraubstockigen Umarmung zu lösen. Meistens! In den anderen Fällen folgt auf meine Lüge die prüfende Frage: »Woran erinnerst du dich denn noch?«

Auch hierauf habe ich mich selbstverständlich vorbereitet. Meistens kommt man bei Familienfesten nämlich eh nicht dazu, seine Geschichten zu Ende zu erzählen.

Ich sage: »Na wir waren doch mit euch in ... hier ... Dings ...«

»In Siegen, 2001!«, schreit die fremde Frau.

»Ja genau«, sage ich, »es lag mir auf der Zunge.«

»Mensch, dass du dich da noch dran erinnern kannst.«

»Tjahaa!«

Klappt immer. Versprochen!

Als Vorspeise gibt es jedes Mal Rindfleischsuppe mit Markklößchen. Dazu Baguette.

Die erste halbe Stunde verbringen ich und die anderen Vegetarier, die Geächteten, also damit, trockenes Weißbrot einzuspeicheln. Wenigstens kann ich mich so auf die Sticheleien gegen abwesende und/oder tote Familienmitglieder konzentrieren. Ich habe mir bereits vor Jahren angewöhnt, bei Familienfeiern immer etwas zum Schreiben mitzubringen.

»Die Hildegart war ja damals erst mit diesem Otto verlobt. Der hat sich dann ja als schwul geoutet und ist mit 'nem Mann abgehauen.«

»War der vorher schon schwul oder erst, nachdem er die Hilde nackt gesehen hat?«

Diese vollkommen unangemessene Frage scheint ernst gemeint zu sein, sorgt aber dennoch für einen weiteren hysterischen Lachanfall auf allen Plätzen.

Zweiter Gang:

»Kolja, willst du ein Stück von dem Braten?«

»Nein, der Kolja ist Vegetarier.«

Die Frage wurde für mich beantwortet. Dankeschön.

Der Tonfall legt nahe, dass es sich bei Vegetarismus um eine ernstzunehmende Erkrankung handelt. Ich schätze, mir bleiben maximal drei Wochen.

»Vegetarier?«

»Ja, ich esse kein Fleisch.«

»Ach ...«

Kurze Pause. Sollte das Thema schon rum sein? Das wäre ein neuer Rekord.

»Aber Fisch isst du schon?«

Zu früh gefreut.

»Nein. Ich esse gar kein Fleisch. Auch kein Fischfleisch.«

»Ach ...«

»Hmhm ...«

»Dann hol ich dir jetzt was von der Hühnerbrust.«

»Nein danke. Ich esse kein Fleisch.«

»Das ist kein Fleisch, das ist ein Hühnchen.«

»ICH ESSE KEINE TIERE!«

»Isch kann mir nit vorstellen, dat dat jesund is.«

Diesen Satz wirft eine fremde Frau ein, die zwei Plätze neben mir sitzt.

»Isch weiß nisch, ob der Körper dat mitmacht. So ne Ernährung ...«

Während sie diesen Satz spricht, zerdrückt sie mit ihrer Gabel energisch einen faustgroßen Klumpen Butter auf einer daumendicken Scheibe Christstollen. Eine Handlung, die ihr auch das letzte Krümelchen Expertise abspricht. Ich sage nichts.

»Naja. Stehst ja trotzdem ganz gut im Futter, ne?«

Dieser Satz wird mit einem schmerzhaften Kniff in meinen Bauch unterstrichen. Alte Menschen haben ein sagenhaftes Talent, kleinere und größere Unverschämtheiten in ihre Sätze einzuflechten, als wären sie nichts Besonderes. Ich bin mir übrigens sicher, dass das bei vollem Bewusstsein passiert, weil sie genau wissen, dass alle es ihnen nachsehen. Im Kopf habe ich selbst schon angefangen, eine Liste mit Gemeinheiten anzulegen, die ich in sechzig Jahren unbehelligt vom Stapel lassen werde.

Das Thema Ernährung ist jetzt buchstäblich vom Tisch. Damit bleibt mir nur noch ein Pulverfass.

Ich versuche, auf Familienfeiern grundsätzlich zwei Themen großräumig zu umschiffen: Vegetarismus ist das eine, die stetig wachsende Zahl von Tattoos auf meinen Armen ist die andere.

Zunächst bin ich aber in Sicherheit. Denn jetzt müssen Anita und Johannes erstmal von ihrem Wochenendausflug in die Uckermark erzählen. Der Ablauf solcher Erzählungen, die stets (ehe-)paarweise vorgetragen werden, ist in Variationen immer derselbe. Es beginnt damit, dass *er* die Geschichte erzählt. Spätestens nach dem dritten gesprochenen Wort beginnt *sie*, spastisch mit dem Gesicht zu zucken und schnappend Luft zu holen, als wolle sie etwas sagen, was sie auch will, aber nie tut. Da *er* darauf nicht reagiert, werden irgendwann die ersten Silben in die Schnappatmung eingegliedert.

»... also wirklich ein ...«

»... häbgm ...«

»... hervorragendes Frühstücksbuf...«

»... hnjaangh ...«

»... da in dieser Pensio...«

»Mbgrlpf!«

»WAS IST DENN SCHATZ?«

Die Aggression in der Rückfrage wird im Affekt meistens schlecht getarnt. Und dann kommt von *ihr* der Satz, auf den ich die ganze Zeit gewartet habe.

Er. Kommt. Immer.

»Du erzählst das nicht richtig!«

Daraufhin beginnt *sie*, zu reden, und erzählt *exakt dieselbe Geschichte* noch einmal von vorne.

Parallel zu der Erzählung zieht *er* ein Smartphone aus einer Tasche, das nach dem Montieren einer winzigen Lesebrille auf der Nasenspitze ergebnislos mit dem kleinen Finger traktiert wird. Im fünften Versuch entsperrt sich das Gerät.

Dann beginnt *er*, parallel zu *ihrem* Vortrag Bilder auf seinem Handy in die Runde zu zeigen. Es ist immer 20 Mal dasselbe Foto und die beiden häufigsten Motive sind seine Füße und sein sehr nahes Gesicht.

Zur genaueren Betrachtung wird das Handy im Kreis gereicht, wobei jede Person über 50 Jahren beim impulsiven Zupacken eine neue Funktion des Gerätes in Gang bringt.

»Du, kumma, kumma, getz leuchet dat hier vorne, warum leuchtet dat denn?«

»Jetzt sehe ich mich selber hier, was ist das denn?«

»Da redet doch einer ...«

»Hallo? Was? Nein, ich will Sie nicht anrufen. Ja. Okay. Tschüss.«

»Nimm das weg, ich pack den Driss nicht an.«

Das Wort Driss hat sich in meiner Familie als Synonym für alles Unliebsame und Unerfreuliche durchgesetzt. Das Ausmaß spielt dabei keinerlei Rolle. Von einem verregneten Sonntagnachmittag bis zu einem Weltkrieg kann eigentlich alles Driss sein.

Dritter Gang:

»Kolja, was ist das eigentlich an deinem Arm?«

Na also. Ich habe drauf gewartet.

Ab einem Alter von etwa 45 Jahren scheint in der Wahrnehmung der betreffenden Personen jegliche Trennschärfe zwischen Tätowierungen, bösartigen Epidermisgeschwüren und aggressiver Neurodermitis verlorenzugehen. Zumindest legt der Tonfall das nahe.

»Das sind Tattoos.«

»Die gehen aber wieder weg, ne?«

Die Frage kommt wirklich jedes Mal und ich betrachte sie als reine Provokation.

»Nein, die sind gestochen.«

Plötzlich ist der ganze Tisch involviert und es entbrennt eine lautstarke Diskussion, in deren Verlauf ausschließlich in der dritten Person von mir gesprochen wird. Letztendlich einigt man sich dann darauf, dass es *damals*, wann auch immer das war, nur unter Nutten und Seemännern üblich war, sich Tattoos stechen zu lassen. Gut, dass wir das geklärt haben. Da ich nun sowieso das Gesprächsthema bin, wird sich noch direkt erkundigt, was ich denn gerade für meine Zukunft tue.

Der Jüngste von den Heinrichs hat ja jetzt bei der Provinzial sein duales Studium angefangen. Sehr solide! Der braucht nicht mal aus dem Heimatdorf wegziehen dafür. Man dachte ja früher immer, der hätte ein bisschen einen neben sich herwandern, der Jung. Dumm wie ein Hektar Mischwald, aber hübsch anzusehen, haben sie immer gesagt. Und jetzt Versicherungskaufmann UND einen Bausparvertrag hat der. Was war noch gleich die Frage? Ach ja, meine Zukunft.

»Ich wollte immer Bänker werden, aber meine Eltern haben gesagt, ich soll was mit Perspektive machen, deswegen bin ich jetzt Kleinkünstler.«

Den Witz versteht immer keiner.

»Ja, aber das ist ja mehr so ein Hobby.«

Ich hasse den Satz.

»Du studierst doch auch noch, oder? Irgendwas mit Zukunft?«

»Klar«, sage ich, »Journalistik und Philosophie.«

Plötzlich ist es ruhig im Raum. Stumme Blicke und halb geöffnete Münder drehen sich in meine Richtung. In der dritten Reihe fällt mit einem leisen *Flöpp* ein Gebiss in eine angesetzte Tasse Kaffee.

Zum ersten Mal seit der Vorspeise ist es ruhig. Aber nur für eine Sekunde, das weiß ich. Meine gesamte Verwandtschaft dreht sich in Zeitlupe in meine Richtung. Dann holen alle gleichzeitig Luft.

Ich greife langsam in meine Tasche und ziehe Stift und Notizblock hervor.

Dienstag, der Zweite

05:30 h

Völlig übermüdet zerre ich meinen Koffer über eine menschenleere Kopfsteinpflasterstraße. Um pünktlich in irgendeiner Stadt anzukommen, in der die Zahl der Einwohner die der Nutztiere übersteigt und von der aus ich Zugang zu einem Fernbahnhof bekomme, musste ich mitten in der Nacht aufstehen.

06:30 h

Mit dreißig Minuten Verspätung, abweichend auf Gleis 2, heute ohne Speisewagen, in umgekehrter Wagenreihung mit den Wagen vier und sieben zwischen den Wagen 23 und 25 und der ersten Klasse am Ende des Zuges, ist selbiger eingefahren und ich war eingestiegen. Eigentlich wollte ich die Fahrt nutzen, um an meinem Buch weiterzuschreiben. Vor wenigen Minuten wurde dieser harmlose Plan jedoch auf brutalste Art zerstört. Denn gemeinsam mit mir ist eine bunt gemischte Reisegruppe in mein Abteil eingestiegen, die ich aus Gesprächsfragmenten als Kindergärtnerinnengruppe auf Betriebsausflug identifizieren konnte. Jedes Gruppenmitglied hat einen dieser

Stoff-Einkaufskörbe mit Aluminiumhenkel dabei. Es gibt einen Korb für getrocknete Brotstangen, Dinkelplätzchen und die obligatorischen Pädagogenschaschliks (Käse-Weintrauben-Spieße). Dem gegenüber stehen sieben Körbe für Jägermeister, Maracujaschnaps, Klopfer und Waldmeisterlikör.

Bereits jetzt ist klar: Der RE 11 steht kurz vor der totalen Zerfickung.

07:00 h

Jaqueline, von ihren Kolleginnen liebevoll *Schäcki* genannt, ist offensichtlich die Spaß- und Spielbeauftragte der Bande. Gerade hat sie aus einer Plastiktüte Haarreifen mit lustigen kleinen Hüten an ihre Kolleginnen verteilt. Heißa, was für ein Spaß! Ich verkrieche mich hinter meiner Schlafmaske.

08:00 h

»HOOODIOOODIOOOODIOOODIJEEEEEH ...«

Ich schrecke schreiend aus dem Schlaf und reiße mir die Schlafmaske vom Gesicht. Schäcki hat eine Bluetooth-Box eingeschaltet und ausgerechnet Andreas Gabalier, diesen verkappten, reaktionären, antifeministischen Amateurmusiker an den Start gebracht. Ich schaue mich um. Fast das ganze Abteil ist in das Gejohle miteingestiegen. Die Menge der am Boden liegenden Schnapsfläschchen ist beachtlich. Ich setze meine Kopfhörer auf und stelle den Podcast auf volle Laustärke.

08:30 h

Der Alkohol- und ebenso der Lärmpegel meiner Mitreisenden sind in der letzten Stunde dramatisch gestiegen. Parallel dazu hat sich das musikalische Niveau stabil in die Gegenrichtung entwickelt. Entsprechend schwer ist es geworden, die Horde zu ignorieren. Seit einer knappen Viertelstunde sitzt die mir an sich völlig fremde Veronika, die von ihren Freundinnen *FFRONI* genannt wird, ungefragt auf meinem Schoß und fragt sehr laut, wie die Mutter von Niki Lauda heißt. Dabei schlägt sie nahezu treffsicher auf eins, vier und drei ihre Hände gegeneinander. Vor fünf Minuten habe ich aufgegeben und für sie recherchiert. Die Antwort ist Elisabeth. Der Vater von Niki Lauda hieß übrigens Ernst-Peter. In meinem Abteil interessiert das aber niemanden. Vor allem nicht *FFRONI*.

10:30 h

Wenn sich das verfickte rote Pferd hier noch ein einziges Mal umkehrt, schwöre ich, ich kaufe mir nach fünf Jahren Vegetarismus eine BIFI im Bordbistro. Einfach um meinen neugewonnenen Hass gegenüber Pferden kulinarisch irgendwie auszuleben.

11:00 h

»Jetzt will ich mal Musik machen, Schäcki!«, brüllt Judith, die sich bis vor fünf Minuten noch lautstark über ihren Ex-Freund, den Daniel, echauffiert hatte, weil der so ein blöder Arsch war.

Ich horche auf. Das könnte meine Gelegenheit sein. Ich ziehe mein Handy aus der Tasche und öffne das Bluetooth-Menü. *Schäcki* meldet sich ab, mein Handy findet die Box, ich verbinde mich.

»Ich komm nicht rein, Schäcki. Bist du noch verbunden?«, fragt Judith.

Das ist mein Zeichen. Ich fische mein Arbeitshandy aus meiner Reisetasche und rufe mich auf meinem Privatgerät an.

Schäckis Lautsprecher klingelt.

»Oh, Momentchen«, ruft Schäcki und drückt auf die Box. »Hallo?«

»Hey, Schäcki, Schätzekeen«, flüstere ich. »Der Dani ist dran. Du ... ich glaube, Judith hat das mit uns beiden mitbekommen.«

Totenstille im Abteil.

»Was?«, fragt Schäcki den Lautsprecher.

»Was?«, fragt Judith Schäcki.

»Ich muss auflegen«, flüstere ich, »wir sehen uns heute Abend!«

Ich lege auf. Dann starte ich Carl Orffs *O Fortuna*.

»Lasset die Spiele beginnen ...«

16:00 h

»Hast du nicht gemacht ...«

Mein Mitbewohner steht aus seinem Stuhl auf und applaudiert. Vor einer Stunde ist unser Zug in den Bahnhof eingefahren und eine Hundertschaft der Polizei hat die Massenschlägerei in meinem Abteil aufgelöst. Ich bin derweil mit einem Taxi nach Hause gefahren.

»Es war wunderschön«, sage ich. »Aber weißt du, worüber ich nachgedacht habe?«

Mein Mitbewohner blickt mich fragend an.

»Als die angefangen haben, Musik zu spielen, habe ich gerade diesen Literaturpodcast gehört. Und als sich das dann mit deren Musik vermischt hat, habe ich so eine dunkele Vorahnung bekommen, wie solche Sendungen wohl in ein paar Jahrhunderten laufen, wenn die statt unserer Klassiker zeitgenössische ›Lyrik‹, also Partyschlager, Volksmusik, Deutschrap und so behandeln.«

Mein Mitbewohner blickt mich lange an.

»Merkwürdige Ideen hast du«, sagt er.

»Ich habe das mal ausformuliert«, sage ich und ziehe einen Stapel Papier aus meinem Rucksack.

»Oh, bitte nicht …«

»Meine sehr verehrten Damen und Herren,
willkommen zurück zu unserem Literaturnachmittag.

In unserer heutigen Sendung wollen wir einen Ausflug in die wundersame Welt der Volksmusik oder auch Volksschlager wagen.

Bei der Volksmusik handelt es sich um eine als Musikgenre zutiefst missverstandene Mischung aus althochdeutschen Balzgesängen und einer stilisierten Form des Lallens, wie es nach exzessivem Alkoholkonsum auftritt. Dennoch prägt der Geist der Volksmusik die zeitgenössische Literatur wie kaum ein zweiter – Grund genug, sich seine prominentesten Vertreter einmal genauer anzuschauen.

Werfen wir also einen Blick zum Anbeginn der Zeit und weit darüber hinaus. Und sprechen über die Amigos.

Bei den Amigos handelt es sich um die geschickte Imitation eines Gesangsduos, bestehend aus den bereits teilmumifizierten Überresten zweier Stammesältester aus Mittelhessen, die vor einigen Jahrzehnten, nachdem man sie bei archäologischen Ausgrabungen im Vorgarten von Howard Carpendale exhumiert hatte, wie ein Gewitter in die Welt der Volksmusik eingefahren waren. Literaturkritiker auf der ganzen Welt scheiterten bei dem Versuch, das Ausmaß an Kreativität in Worte zu fassen, mit denen die Amigos über Inhalt und Titel ihrer literarischen Werke richteten. Da wären Titel wie:

Sehnsucht, die wie Feuer brennt
Da ist dieses Feuer
Da brennen die Feuer
Ich geh für dich durchs Feuer

und natürlich, nicht zu vergessen, das von Fans lange erwartete Sequel: *Für dich gehe ich nochmal durchs Feuer*.

Doch nicht nur die Werkstitel dieser beiden prähistorischen Pyromanen der Poesie lassen auf ein Ausmaß an Kreativität schließen, wie es die zeitgenössische Literatur bis dahin nicht gekannt hat, nein, auch die Liedtexte sind ein wahres Füllhorn an Varianz. So ergaben unabhängige Studien, dass literarische Werke in denen a) irgendetwas brennt, b) ein kleines Mädchen weint, c) ein Fischer bei der Arbeit stirbt und d) Spanier vorkommen, die alle Fernando und Pedro heißen (*auch die Frauen*), mit einer erschlagenden Wahrscheinlichkeit von 97,437 Prozent aus der Feder der Amigos stammen. Sind darüber hinaus unangemessene Kommentare zu Themen wie häuslicher Gewalt oder latenter Kulturrassismus erkennbar, ist eine Fehleinschätzung quasi ausgeschlossen.

Aber nicht nur in Deutschland greift die Volksmusik um sich. Werfen wir einmal einen Blick hinüber zu unseren Nachbarn nach Österreich, oder genauer: zum großen Minnesänger Andreas Gabalier, dem vierfachen Preisträger des »Ich bin ja nicht sexistisch, aber ...«-Ordens, des Großdeutschen Vereins für feminismusverhindernde Maßnahmen, bei dem sich Experten bis heute uneinig sind, ob er nicht lieber ein Teil der Zeit gewesen wäre, als Deutschland und Österreich mehr als nur Nachbarn waren.

Die Texte Gabaliers stellen insofern ein Rätsel für Linguisten und Literaten dar, als dass sie sich quasi ausschließlich aus Vokalen zusammensetzen. Bis heute streitet sich die Fachwelt beispielsweise, was der Künstler mit folgendem Vers ausdrücken wollte: *Buamhollerozuwadrucknliabmundzumgspiarn*.

Die Interpretationsansätze sind vielfältig. Einige Sprachwissenschaftler vermuten, es handele sich schlichtweg um eine exzentrische Form des lyrischen Dadaismus des frühen 21. Jahrhunderts, wie man sie auch in Liedtexten von Capital Bra oder englischsprachigen Vorträgen von Günter Öttinger findet. Andere vermuten, es handele sich lediglich um Verbaleruptionen in Folge eines Schlaganfalls.

Sei es, wie es sei – die Verse Gabaliers weisen eine schöpferische Gestaltungskraft auf, die ihresgleichen sucht.

Unvergessen sind die folgenden Verse Gabaliers, die er in seinem Werk »Sweet little Rehlein« niederschrieb.

Ich zitiere:

Uhlalala Uhlalala Uhlalala
Uhlalala Uhlalala Uhlalala Uhlalala.

Dem geneigten Literaturkenner fällt an dieser Stelle auf, dass der Poet hier bewusst ein repetierendes daktylisches Septett einsetzt. Dabei bedient er sich dem sonst nur selten genutzten Reimschema a a a a a a a. Was er damit auszudrücken versucht? Wir wissen es nicht. Der Künstler ist ein überlegener Geist.

Damit sind wir am Ende unserer Sendung angelangt. Wir möchten uns verabschieden mit einem der vielleicht relevantesten Verse des nun bereits so viel besprochenen Andreas Gabalier, der dereinst sagte: *Ho di oh di ho di he*.

Nehmen Sie diese Worte mit in den Abend und bewegen Sie sie in Ihren Gedanken.

Vielen Dank. Guten Abend.«

Mittwoch, der Dritte

»WANN IST DAS EIGENTLICH PASSIERT?

WANN IST DAS EIGENTLICH PASSIERT, DASS DIE LEUTE, DIE SICH MÜHE GEBEN, IRGENDWAS RICHTIG ZU MACHEN, SICH DAFÜR RECHTFERTIGEN MÜSSEN?

JEDEN TAG MUSS ICH MIR LANDAUF UND LANDAB IN ALLEN MEDIEN MENSCHEN ANGUCKEN, DIE SICH IRGENDWELCHE SINNENTLEERTEN FRAGEN GEFALLEN LASSEN MÜSSEN, WEIL SIE WEITE STRECKEN MIT DEM ZUG FAHREN (BOAH!), KEIN FLEISCH ESSEN (UII!), EIN FAHRRAD BENUTZEN (ACHNEIIN!) ODER SONST IRGENDETWAS VOLLKOMMEN LOGISCHES MACHEN.

ICH HASSE ES!

ALS OB ES TATSÄCHLICH NOCH LEUTE GIBT, DIE NICHT VERSTEHEN, WARUM. AUSSER GUIDO REIL VIELLEICHT.

GUIDO REIL, DAS MANNGEWORDENE MEINUNGSIMITAT DER AFD, DAS AUFTRITT WIE SEINE EIGENE KARIKATUR UND BEI MARKUS LANZ ERKLÄRT HAT, DASS DER MASSIVE CO_2-AUSSTOSS IM SINNE DER UMWELT SEI, WEIL ER IN DER GRUNDSCHULE GELERNT HABE, DASS CO_2 GUT FÜR PFLANZEN IST.

UND DANN LAMENTIERT ER NOCH IN DERSELBEN SENDUNG, DASS ES JA KEINE POLITISCHEN ANGEBOTE

GÄBE FÜR IHN, DER (ZITAT) MÄNNLICH IST, FLEISCH ISST, DIESEL FAHREN WILL UND FRAUEN MAG (ZITAT ENDE).

GUIDO REIL, DER REPRÄSENTANT EINER VERMEINTLICH SCHWEIGENDEN MEHRHEIT, DIE SICH IN WAHRHEIT TAGTÄGLICH ALS PÖBELNDE MINDERHEIT IN SOZIALEN NETZWERKEN SELBST ENTBLÖSST.

HIER IST EIN UNPOLITISCHES ANGEBOT FÜR DICH: FICK DICH INS KNIE! WIEDERHOL DIE ACHTE KLASSE UND PASS DIESES MAL IN ERDKUNDE AUF!«

Aber man muss solche Meinungen doch auch ernst nehmen …

»NEIN, MUSS ICH ÜBERHAUPT NICHT! VERSCHWÖRUNGSTHEORIEN UND DIE BAGATELLISIERUNG VON SEXISMUS SIND KEINE MEINUNG, DAS HAT MIT POLITIK SO VIEL ZU TUN WIE BARBARA SCHÖNEBERGER MIT DER ÜBERWINDUNG VON ROLLENKLISCHEES. UND ICH WILL NICHT FÜR JEDEN MIST VERSTÄNDNIS HABEN MÜSSEN.

WOFÜR ICH AUCH KEIN VERSTÄNDNIS HABE: JAHRELANG HABEN SICH MENSCHEN, DIE ZU BEQUEM SIND, AUCH NUR DEN KLEINSTEN SCHRITT AUS IHRER KOMFORTZONE ZU WAGEN, HINTER DEM VORWAND VERSTECKT, SOLCHE ENTSCHEIDUNGEN SEIEN SACHE DER POLITIKER.

JAHRE SPÄTER BEWEGT SICH EIN POLITIKER UND SPRICHT VON VEGGIE-DAYS ODER FAHRVERBOTEN UND DIESELBEN MENSCHEN FÜHLEN SICH PLÖTZLICH IN IHRER FREIHEIT BEDROHT ODER SEHEN DAS GRUNDGESETZ VERLETZT.

ERFUNDENE ARTIKEL AUS DEM GRUNDGESETZ SIND DAS NEUE UNIVERSALARGUMENT VON ALLEN MENSCHEN MIT VIEL MEINUNG UND WENIG SACHWISSEN GEWORDEN. ABER NATÜRLICH! WER KENNT IHN NICHT, DEN LANG VERSCHOLLENE ABSATZ 3 IM ZWEITEN ARTIKEL?

›JEDER MENSCH HAT DAS RECHT AUF METT.‹
TOLL!
›UNSER TÄGLICH BRET GIB UNS HEUTE.‹

GUIDO REILS BEDROHTE SPEZIES DER ALTEN WEISSEN MÄNNER FÜHRT EINEN HOCHSTILISIERTEN FREIHEITSKAMPF UM TEMPOLIMITS UND FAHRVERBOTE UND HAT SICH IN ALLER TAPFERKEIT EIN 16-JÄHRIGES MÄDCHEN ZUM ENDGEGNER AUSERKOREN.

ICH HASSE ES!

UND ICH HASSE MÜTTER, DIE INS REFORMHAUS FAHREN UND DER UMWELT ZULIEBE BIO-KEKSE UND ABC-SAFT KAUFEN, DEN SIE DANN IHREM KIND MITGEBEN KÖNNEN, WENN SIE ES MORGENS UM HALB SIEBEN MIT EINEM GELÄNDEGÄNGIGEN PANZERWAGEN BIS INS FOYER DER SCHULE BRINGEN. ES GIBT MILIZEN IM NAHEN OSTEN, DIE GROSSSTADTTAUGLICHERE WAGEN FAHREN ALS DIE MUTTER VON LENNART, DIE MIT LAUFENDEM MOTOR AUF DEM RADWEG STEHT UND DIE NEUE ›VEGAN FOR FUN‹ LIEST, WÄHREND SIE DARAUF WARTET, DASS IHR SPRÖSSLING DAS SCHULGELÄNDE VERLÄSST.«

Aber hast du mal geguckt: In China und Indien, die Fabriken, was die für Dreck machen? Und dafür soll ich jetzt nicht mehr mit meinem Auto …

»ACH, HALT DOCH DIE FRESSE!

DAS IST JA EIN GROSSARTIGER ANSATZ. WENN EINER NICHT MITSPIELT, DANN MUSST DU SCHON GAR NICHT?

DAS IST DER GIPFEL DER GEMÜTLICHEKEIT: DIE VERANTWORTUNG FÜR SYSTEMWANDEL AN POLITIKER, ODER NOCH VIEL BESSER, ANDERE LÄNDER OUTZUSOURCEN, SICH ZURÜCKZULEHNEN UND ZU LAMENTIEREN, DASS ALLES ZU LANGE DAUERT.

FABRIKEN IN CHINA MACHEN VIEL DRECK? NATÜRLICH IST DANN DIE EINZIG LOGISCHE REAKTION DARAUF, AUS PRINZIP MIT DEM AUTO UM DEN BLOCK ZU HEIZEN.

GRETA THUNBERG HAT EINEN PLASTIKZAHNSTOCHER BENUTZT? NA HALLELUJA! DA SPRINGEN FÜR DEN NORMALVERBRAUCHER JA 2.5 ATLANTIKKREUZFAHRTEN OHNE SCHLECHTES GEWISSEN RAUS.

KURZE FRAGE: WENN DU AUF ALLE ANDEREN WARTEST, IHR VERHALTEN AUF DIE KETTE ZU KRIEGEN, BEVOR DU DICH BEWEGST, KANN ES SEIN, DASS DU EINFACH KEINEN BOCK HAST?

ICH HASSE ES!

UND ICH HASSE VEGETARIER-WITZE, AUCH WENN SIE WIRKLICH LUSTIG SIND. ICH ESSE DEINEM ESSEN NICHT DAS ESSEN WEG. UMGEKEHRT WIRD EIN SCHUH DRAUS. DAS STEAK, DAS DU FUTTERST, HAT ZU LEBZEITEN ERNTEGUT UND BÖDEN VERBRAUCHT, VON DENEN DU HUNDERTE MENSCHEN HÄTTEST ERNÄHREN KÖNNEN.

WAS FÜR EIN BILLIGER ABLASSHANDEL, DIE EIGENE BEHÄBIGKEIT DURCH WITZE AUF KOSTEN ANDERER UNTER DEN TISCH ZU KEHREN.

NIEMAND ZWINGT DICH ZU IRGENDWAS, ABER WENN DU ES SELBST SCHON NICHT HINBEKOMMST, DICH ZU VERÄNDERN, DANN PISS DOCH WENIGSTENS NICHT DEN MENSCHEN ANS BEIN, DIE SICH MÜHE GEBEN.

MANN EY!«

Mein Mitbewohner starrt mit großen Augen und heruntergelassener Kinnlade von der anderen Seite unseres Küchentischs zu mir herüber, wo ich nach dem Beenden meines dreißigminütigen Plädoyers in einen Stuhl gesunken bin und durch meinen Asthma-Inhalator atme. Aus seinem halb geöffneten Mund rutscht ein zerkautes Stückchen

McRib und klatscht zurück in den Pappkarton auf dem Küchentisch.

»Ich habe dich nur gefragt, ob du wirklich keinen Chicken-Nugget probieren willst«, sagt er. »Jetzt, wo ich die eh gekauft habe.«

»Nein, danke!«, sage ich.

Es entsteht eine längere Pause.

»Du bist übrigens dran mit Küche aufräumen«, versucht mein Mitbewohner, das Thema zu wechseln.

»Warum sollte ich?«, frage ich.

»Du warst auch schon gestern dran, du hast die Küche nicht aufgeräumt und deinem Linsencurry ist ein Fell gewachsen.«

»Na und? Hast du mal die Küche von den japanischen Austauschstudenten in der Nachbar-WG gesehen? Die ist viel dreckiger! Sollen die Japaner erst mal aufräumen.«

»Das hat nichts mit unserer Küche zu tun«, sagt mein Mitbewohner.

»Aha. Siehst du.«

Donnerstag, der Vierte

08:00 h

Letzte Woche habe ich mich als Künstler selbstständig gemacht. Nachdem ich auf acht Seiten 600 ausgesprochen kleine Kästchen für das Finanzamt ausgefüllt habe, bekam ich heute Morgen meine Steuernummer und darf mich jetzt offiziell »Unternehmer« nennen. (Eigentlich Kleinunternehmer.)

Aber geil! Seit einer halben Stunde stehe ich jetzt vor dem Spiegel und stelle mich meinem Spiegelbild vor.

»Kolja Fach, Unternehmer!«

09:00 h

Um Kontakte zu anderen »Unternehmern« zu bekommen, habe ich mich in einen *Coworking-Space* eingemietet. Ein Coworking-Space ist die super coole hippe Version von dem, was in meiner Schule der »Gruppenarbeitsraum« war. Bloß muss man hier bezahlen, um arbeiten zu dürfen. In dem Raum sitzen zwanzig andere »Unternehmer« um einen viel zu kleinen Tisch und stören sich gegenseitig bei der Arbeit. Ich quetsche mich mit einem Laptop zwischen das Team eines Start-ups, das an einem Verleihsystem für Matcha-Tee arbeitet, und eine Gruppe Webdesigner, die die ganze Zeit telefoniert (teilweise miteinander).

Ich lege mein Handy neben mich und warte auf den ersten Auftrag.

Nichts passiert.

10:00 h

Frühstückspause. Ich stehe mit den anderen Coworkenden in der Gemeinschaftsküche. Jeden Tag ist einer mit dem Frühstück dran. Ich schnappe mir eins von den mattgrünen, dickflüssigen Getränken, die in Einmachgläsern mit bunten Papierstrohhalmen wabern, nehme ein kleines Schnittchen vom Tablett und schlucke es herunter. Sofort steht mein ganzer Hals in Flammen. »Krrrchhhhhhm!«, krächze ich und trinke mein Getränk in großen Schlucken hinterher.

Bei jedem Schluck schlägt mir der Deckel vom Einmachglas auf den Kopf. Zu dem Feuer in meinem Hals gesellt sich ein ekelhaftes Prickeln auf meiner Zunge. Ich muss würgen. In meinem Mund sammeln sich kleine Stücke aufgelöster Strohhalm.

Jemand stupst mich von hinten an. Ich drehe mich um und versuche, möglichst neutral zu gucken. Hinter mir steht eine kleine junge Frau mit einer Strickmütze auf dem Kopf und einem Jutesack auf dem Rücken.

»Schmeckt's?«, fragt sie und grinst vom linken bis zum rechten Ohr.

»Selbstgemachtes Ingwer-Chili-Pesto mit Koriandercreme.«

»Super geil!«, lüge ich und wische mir eine Träne aus dem linken Auge. »Und was ist das hier?«, frage ich und deute in mein Einmachglas.

»Das ist ein Grünkohl-Bärlauch-Smoothie mit Mangold. Voll gesund. *#Detox* und so!«

Sie lacht und es klingt ein bisschen, als würde jemand eine rostige Türe schließen. Mir läuft ein Schauer über den Rücken, ich hasse hippe Anglizismen ungefähr genauso sehr wie Menschen, die Hashtags aussprechen. Seit irgendwer auf die Idee gekommen ist, das Wort »Detox« auf seinen geschredderten Kompost zu schreiben, fluten diese abartigen grünen Smoothies die Supermarktregale. Quasi Gammelfleischersatzprodukte für Veganer. Das wäre nicht nötig gewesen.

»Ich bin Melanie«, sagt die kleine Strickmützenfrau und reißt mich aus meinem Gedanken.

Ich blicke auf ihre ausgetreckte Faust und boxe dagegen.

»Kolja Fach, Unternehmer!«, stelle ich mich vor.

»Soll ich dich hier mal ein bisschen rumführen?«, fragt Melanie und ich nicke. Alles, was mich vom Buffet wegbringt, soll mir recht sein.

11:00 h

Die letzte halbe Stunde hat Melanie mich durch alle Räume des Büros geführt. Wobei – »Büro« sagt man hier nicht. Das ist unser »Space«, hat Melanie mir erklärt und mir ist wieder ein Schauer über den Rücken gelaufen. Jetzt sind wir mit unserem Rundgang vor einer Kübelpflanze angekommen.

»Das ist Selma, unsere Büropalme«, erklärt Melanie.

Ich boxe vorsichtig mit der Faust gegen eins der Yukkablätter.

»Hi Selma.«

»Wir kümmern uns hier alle zusammen um Selma«, sagt Melanie. »Dieses gemeinsame Caretaking ist super fürs Teambuilding.« Zwei schnelle Schauer jagen hintereinander über meinen Rücken. Ich schüttele mich.

»Hast du dir was eingefangen?«, fragt Melanie.

Ich schüttele den Kopf.

»Warte, ich hab hier was für dich«, sagt Melanie und fischt in ihrem Jutebeutel nach einer Glasflasche mit grünem Schnodder. *Bitte nicht.*

»Da sind viele Vitamine drin«, meint sie und drückt mir die Flasche in die Hand. »Ich muss jetzt los. Tschüssi!«

Ich warte, bis die Tür hinter Melanie zugefallen ist, und gieße den grünen Smoothie beiläufig in Selmas Blumenkübel.

»Tut mir leid«, flüstere ich.

Dann gehe ich wieder zurück an den Schreibtisch und warte auf Anrufe von Auftraggebern.

Nichts passiert.

Abends

Ich sitze mit meinem Mitbewohner am Tresen unserer Lieblingsbar und trinke Tequila pur. Der Bärlauchgeschmack weigert sich beharrlich, meine Zunge wieder zu verlassen. »Und, wie war dein erster Tag im Büro?«, fragt mein Mitbewohner.

»Interessant«, antworte ich knapp.

»Was hast'n gemacht?«

»Ach, ich habe viel ... nachgedacht!«, sage ich.

Mein Mitbewohner guckt mich skeptisch an.

»Ist das alles?«

»Naja, ich ... hab mir auch was notiert!«

»Ist ja super geil«, sagt mein Mitbewohner spöttisch. »Also eigentlich hast du nichts gemacht, oder?«

»Naja ... ich war am Telefon, um Aufträge anzunehmen!«, sage ich.

»Hat auch wer angerufen?«

»Halt einfach die Klappe.«

Freitag, der Fünfte

08:00 h

Als ich wieder ins Büro komme, steht im Aufenthaltsraum ein beunruhigter Pulk Kollegen.

»Was ist los?«, frage ich.

Der Pulk teilt sich und gibt den Blick auf Selma frei. Die Yukkapalme ist braun angelaufen und liegt zusammengesunken in ihrem Blumenkübel.

»Selma ist tot«, schnieft Melanie.

»Oh«, sage ich und bin innerlich sehr dankbar, auf den zweiten Smoothie verzichtet zu haben. *So viel zum Thema Detox.*

Als ich die Tränen in Melanies Augen sehe, fühle ich mich aber auch etwas schuldig und erkläre mich bereit, für eine angemessene Bestattung der Palme Sorge zu tragen. Danach gehen alle wieder an die Arbeit.

09:00 h

Melanie kommt an meinen Schreibtisch gehetzt.

»Kolja, ich hab ein Projekt für dich. Die CEO von einem B2B-Start-up sitzt im Konferenzraum und sucht noch einen Texter für ihr Projekt und ich habe dich vorgeschlagen.«

Obwohl ich nur die Hälfte verstanden habe, springe ich auf. »Das ist ja super, danke!«

»Wir warten nur noch auf den Dolmetscher, dann kann's losgehen«, verkündet Melanie aufgeregt und rennt wieder in Richtung Konferenzraum.

»Dolmetscher?«, frage ich irritiert. »Woher kommt der denn?«

»Kreuzberg!«, ruft Melanie, bevor sie verschwindet.

10:00 h

Ich sitze nervös an einem Konferenztisch, links neben mir Melanie und auf der rechten Seite der eben eingetroffene Dolmetscher. Gegenüber von mir sitzt die Chefin des Berliner Start-ups. Sie ist optisch kaum von Melanie zu unterscheiden. Ich bin mir nicht sicher, ob sie überhaupt ein Kleidungsstück trägt, das nicht gestrickt oder gehäkelt wurde.

»Ähm«, ich ergreife schüchtern das Wort, »worum geht es denn genau bei dem Projekt?«

Die Häkelfrau schaut mich an.

»Wir fahren gerade ein Open Project Concept mit free results. In Think-Tanks und Taskforces mit Skill-Sharing-Zones sind meine Cos grade am structuren. Sehr intense alles. Fast exit Strategie, diesdas.«

Verstört blicke ich die Frau an. Dann Melanie. Dann den Übersetzer.

»Die wissen noch nicht, was sie machen wollen«, sagt der.

»Ah okay«, sage ich. »Wie sieht denn die Ideenfindung aus?«

»Meine Cos sind twentyfour/seven am Brainstormen, anschließend bilden wir so kleine efficiency-couples für ein erstes Mindmapping.«

Ich blicke wieder den Übersetzer an.

»Was?«

»Nun …«, sagt der Übersetzer verunsichert. »Die Leute aus ihrem Team …«

»Ja?«, frage ich.

»Sie … äh … denken!«

»Ah, schön.«

Es entsteht eine längere Pause.

»Ach, das war's schon«, stelle ich überrascht fest, »ich dachte, da kommt noch was.«

11:00 h

Das Meeting ist zu Ende und ich bin sehr zufrieden. Ich habe jetzt einen Vertrag mit dem Berliner Unternehmen und bekomme ordentlich Geld von irgendeinem Investor. Was ich dafür machen soll, wird mir mitgeteilt, wenn man eine Idee hat.

Abends

Ich komme in die Kneipe. Mein Mitbewohner steht am Tresen. »Na, wieder erfolgreich nichts gemacht?«, ruft er mir feixend entgegen.

Ich stelle mich neben ihn und bestelle ein Bier.

»Doch«, sage ich, »nach einem sehr intensen Noon-Meeting, habe ich die meiste Projecttime in Desksitting und Phonewatching investiert und gleichzeitig ideafinding für mein neues Open Project mit free results betrieben.«

Mein Mitbewohner blickt mich lange an.

»Alter, heftig!«, sagt er, »du hast ja voll viel zu tun.«

Ich nicke bedeutend und trinke mein Bier aus.

»Ich muss jetzt auch direkt nach Hause«, sage ich, »morgen bin ich mit Frühstück dran.«

Ich deute auf die tote Selma, die aus meinem Rucksack hängt.

»Es gibt *Detox Yukkasmoothies.*«

Samstag, der Sechste

»Aaaaaaah, verfickte Scheiße!«

Ich komme schreiend ich Küche gerannt. »Wann ist das eigentlich passiert?«, brülle ich.

»Och nee, nicht schon wieder«, sagt mein Mitbewohner und versteckt hastig die Dose mit der Leberwurst unter dem Tisch, aus der er sich eben sein Brot bestrichen hat, »beruhig dich erstmal.«

»Ich will mich aber nicht beruhigen!«, sage ich, werfe mein Handy auf den Tisch und fuchtele mit meinem Zeigefinger davor herum.

»Da«, keife ich, »guck dir das an!«

Mein Mitbewohner guckt.

»Das ist eine Amazon-Anzeige für einen Toaster, der lustige Gesichter in das Brot grillt«, sagt er langsam. »Das ist ziemlich bescheuert, aber ich verstehe dein Problem …«

»ES GEHT MIR NICHT UM DAS PRODUKT! Guck hier, wo die Kunden sich Fragen zu dem Produkt stellen können. Da fragt jetzt jemand, Schokomaus68, ob das auch mit Pumpernickel geht.«

Mein Mitbewohner blinzelt irritiert.

»Und jetzt guck, was die Antwort auf die Frage ist!«, rufe ich.

Er liest: »Okay … Gestern Abend, 19 h, Antwort von JoghurtJochen33: Keine Ahnung, ich hab keinen Toaster.«

»Aaaaaah!«, schreie ich wieder. »Wann ist das eigentlich passiert? Wann ist das eigentlich passiert, dass jeder Mensch, vollkommen befreit von Expertise, auf die Idee kommt, dass alle anderen Menschen an der eigenen Meinung teilhaben müssen? Was hat sich dieser Mensch jetzt gedacht, als er sich dazu entschieden hat, sich die Zeit für diese Antwort zu nehmen? Das ist so, wie wenn irgendwo ein Plakat hängt, wo draufsteht: Haben Sie diesen Hund gesehen? Und ich ruf dann da an und sage: ›Ne, habe ich nicht gesehen.‹

Das ganze Internet ist voll mit der Gedankengrütze von Menschen, die ein Mitteilungsbedürfnis haben, das in keinem Verhältnis zu dem Inhalt steht, den zu produzieren sie in der Lage sind. Antworten wie diese oder Produktbewertungen wie ›Nix zu meckern. 2/5 Sternen‹ sind ja nur die Spitze des Eisbergs, nur ein unpolitischer Vorgeschmack auf die ganze Scheiße, die tagtäglich in Kommentarspalten ergossen wird. Hier, guck!«, ich halte meinem Mitbewohner das Handy hin. »Instagram-Posting von einem Nachrichtenkanal darüber, dass in Brasilien der Regenwald brennt. In den Kommentaren darunter schreibt einer: ›Woanders brennt es bestimmt auch.‹

Ja, schön, das ist faktisch nicht falsch, aber: WAS SPIELT DAS FÜR EINE BEKACKTE ROLLE IN DIESEM ZUSAMMENHANG? Es gibt Menschen, die schreiben unter jedes einzelne Posting der Tagesschau ›Ist mir egal‹, aber sie lesen es. Jeden Tag! Die Welt würde zum totalen Stillstand kommen, wenn die Leute im echten Leben das gleiche Mitteilungsbedürfnis hätten wie im Internet. Man käme kaum noch von A nach B, weil einem ständig vollkommen fremde Menschen ungefragt ihre Meinung um die Ohren hauten. Der Fahrer morgens im Bus wäre umringt von einer Horde Leute, von denen einer erklärte, dass er den Bus viel besser fahren könnte, weil sein Cousin mal ein Buch über Autoscooter gelesen hätte, während ein anderer vollkommen unmotiviert versuchte, Menschen mit Migrationshintergrund für die Verspätung des Busses verantwortlich zu machen. Dutzende Menschen stünden vor den Königreichssälen der Zeugen Jehovas, um mitzuteilen, dass Gott ihnen eigentlich total latte ist. Wobei – das ist vielleicht gar keine schlechte Idee. Wohin man schaut, wortelange, aber inhaltshohle Meinungsimitate.

An irgendeinem Punkt in der Vergangenheit muss es zu drei großen Missverständnissen in Sachen Meinungsäußerung gekommen sein. Erstens: Nur weil du prinzipiell deine Meinung frei sagen DARFST, heißt das nicht, dass du das auch bei jeder Gelegenheit tun MUSST. Vor allem dann, wenn du keinen blassen Schimmer von der Thematik hast. Man stelle sich vor, Menschen würden nur dann ihre Meinung kundtun, wenn sie sich angemessen mit dem Diskussionsgegenstand beschäftigt hätten: gähnende Leere in allen Kommentarspalten, unbesetzte Stühle und minutenlanges peinliches Schweigen in Polittalkshows – was für ein Fest das wäre!

Dann Missverständnis Nummer zwei: Du darfst eine Meinung haben und darfst sie auch äußern. Und wenn überprüfbare Fakten deine Meinung widerlegen, dann darfst du das sogar immer noch – dann kann es aber passieren, dass andere Menschen der Meinung sind, dass du ein ziemlicher Trottel bist. Ich bekomme jedes Mal Blutdruck, wenn ich Sätze lese wie: ›Also mich hat niemand gefragt, ob ich während einer globalen Pandemie eine Maske tragen will.‹ Ja, woran könnte das liegen, dass dich keiner gefragt hat? Es besteht natürlich die Möglichkeit, dass die geheime Echsenmenschen-Weltregierung plant, die gesamte Menschheit zu unterjochen, indem sie dich dazu zwingt, im Lidl deinen Mund zu bedecken. Es gibt aber noch einen deutlich wahrscheinlicheren Grund: DU BIST KEIN VERFICKTER VIROLOGE! DEINE MEINUNG JUCKT GERADE ENFACH NICHT SO SEHR! Wie stellst du dir das denn vor? Im Robert-Koch-Institut tagt ein Krisenstab, die Experten sind sich eigentlich einig, aber dann ruft jemand dazwischen: ›Scheiße, Leute, wir haben JoghurtJochen33 von Amazon noch nicht gefragt!‹

Schnell wird ein Telefon gebracht und die Expertenrunde lauscht wie gebannt, als Jochen sagt: ›Hm … Joa … Nee, das klingt irgendwie … ungemütlich.‹

Alles klar, Jochen sagt nö, machen wir so, alle gehen nach Hause.

Vielleicht muss der Satz anders heißen. Nicht: *Du darfst zu allem eine Meinung haben*, sondern viel mehr: *Du darfst dir zu allem eine Meinung bilden!* Und dazu gehört vielleicht auch ein Mindestmaß an Bereitschaft, sich von Menschen mit viel Ahnung ein bisschen Input geben zu lassen, um so dem Begriff ›Bildung‹ in ›Meinungsbildung‹ im doppelten Sinne gerecht zu werden. Aber nein, man lässt sich natürlich nichts sagen. Womit wir beim dritten und vielleicht wichtigsten Missverständnis wären: Ja, du darfst deine Meinung kundtun, sogar wenn sie völliger Kopfkompost ist. Das bedeutet Meinungsfreiheit. Meinungsfreiheit bedeutet nicht: Du darfst deine Meinung kundtun und hast einen Anspruch darauf, dass sie unkritisiert und unkommentiert im Raum stehenbleibt. Diese Einsicht scheint vor allem den Leuten abzugehen, die mit ihrer rechtsreaktionären Meinung die Rechte anderer Menschen einschränken wollen. *zwinkerzwinkerAlice-Weidel* Es ist ebenso bezeichnend wie nervtötend, dass die Menschen, die ständig lamentieren, dass *man nichts mehr sagen dürfe*, IMMER VON ALLEN AM WENIGSTEN DIE FRESSE HALTEN.

Meiner Meinung nach …«

Ich sinke in den Küchenstuhl und atme durch meinen Asthma-Inhalator. Mein Mitbewohner blickt von meinem Handy auf, in dem er die letzten Minuten herumgewischt hat.

»Sag mal ... heißt du Schokomaus68 bei Amazon?«

»Halt die Klappe«, sage ich, »nach deiner Meinung hat keiner gefragt.«

Sonntag, der Siebte

»Ich bin absolut dagegen«, sage ich.

»Jetzt stell dich nicht an«, sagt meine Freundin.

Es ist Sonntag, es ist acht Uhr morgens, ich stehe im Nieselregen auf einem Parkplatz in Bad Salzuflen und habe das Gefühl, dass ich nicht einmal genug Energie aufbringen kann, um die Situation angemessen kacke finden zu können. Vor zwei Stunden hat meine Freundin mich aus dem Bett gekloppt, »um mal wieder richtig zu entspannen«. Die Logik dahinter hat sich mir bisher noch nicht erschlossen. Nach dem Morgenapell sind wir dann zusammen mit einigen Schnapsleichen, die noch von Samstagnacht übriggeblieben sind, in einem sehr langsamen Zug hierhin gefahren. Nach Bad Fucking Salzuflen. In die Therme.

Grundsätzlich meide ich Orte, die sich außerhalb meiner Wohnung befinden, an denen ich mich nackt zeigen muss. Das mag daran liegen, dass mein entblößter Körper den Charme einer vorwiegend mehlig kochenden Kartoffel hat und dass meine Haare sich glätten, wenn sie nass werden, wodurch ich schlagartig um 30 Jahre alter; oder auch daran, dass ich barfuß auf nassen Fliesen nicht laufen kann. Warum? Keine Ahnung. Aber wenn Sie das nächste Mal im Heizraum liegen und denken, sie sehen den Grüffelo langsam an der Glastür vorbeigleiten, dann haben Sie wahrscheinlich gar keinen Hitzeschlag, sondern meine Freundin hat es einfach mal wieder geschafft, mich aus meinem natürlichen, textilen Habitat zu entfernen.

Wir checken ein und verteilen uns auf die entsprechenden Umkleiden. Sammelumkleiden sind auch so ein Phänomen. In Männerumkleiden findet man normalerweise immer drei Arten von Menschen vor: Die erste Gruppe bilden mit der Situation vollkommen überforderte und verschämte Männer, die versuchen, mit einem Fuß auf dem zusammengeknautschten Turnschuh stehend, vom Kinn bis zu den Fersen in ein riesiges Handtuch gewickelt, ihre Unterbekleidung zu wechseln, was meistens mit einem Sturz in den geöffneten Spind endet oder damit, dass die Badehose sich zwischen dem Knöchel des hochgezogenen Fußes und dem Knie des stehenden Beines verspannt, worauf der tragische Held der Szene ins Straucheln gerät und bei dem Versuch, das Gleichgewicht wiederzuerlangen, auf einem Bein springend die gesamte Umkleidekabine durchquert, um an der gekachelten Wand unsanft zum Liegen zu kommen. Diese fürwahr erbärmliche Szene schafft geradezu meisterhaft das Gegenteil von dem, was sie erzielen sollte: Sie erregt wirklich sehr viel Aufmerksamkeit.

Die zweite Gruppe bilden Männer, die der Situation vollkommen gewachsen sind. Sie betreten die Umkleide und in dem Moment, in dem man realisiert, dass sie da sind, haben sie bereits ihre Kleidung gewechselt und sind mit Handtuch auf der Schulter, Carbon-Duschgel for Men in der Hand und Schwimmbrille um den Hals in einer knackig engen Schnellschwimmerhose in Richtung Dusche entschlappt. Alle hassen diese Männer. Alle wollen so sein wie sie. Alle außer Gruppe 3.

Gruppe drei bilden Rentner. Seit Sebastian Kneipp Ende des 19. Jahrhunderts den ersten Bronchitis-Patienten in kaltes Wasser gedippt hat, sind sie jeden Morgen um punkt 7 Uhr hier verabredet. Sie kennen die komplette Belegschaft beim Vornamen, haben Aufgussplan und Hausordnung auswendig gelernt, können die Aufgüsse an der Viskosität des Wasserdampfes und den PH-Wert des Whirlpools am Geschmack des Wassers erkennen. Sie weisen ausgeprägtes Territorialverhalten auf und sind immer mindestens zu fünft. Hin und wieder tritt einer von ihnen in einen Zustand des klinischen Todes über, weil er in der Sauna einschläft. Dann ziehen seine Mitschwitzenden ihn aus der Kabine und reanimieren ihn mit einem Guss aus dem Eis-Fass an der Decke, woraufhin ungehemmt weitersauniert wird.

Sei es eine Folge der regelmäßigen Infarkte oder schlicht Gewohnheit: Rentnern in der Sauna fehlt jegliche Hemmung. Bademäntel? Braucht kein Mensch. Handtücher? Sind lediglich eine Sitzunterlage. Man fällt sich morgens in der Dusche zur Begrüßung um den Hals, winkt sich auf dem Flur (bestenfalls nur mit den Händen) zu, spritzt sich gegenseitig mit Eiswasser ab und reibt sich anschließend gegenseitig mit einer Schüssel grobkörnigem Himalaya-Salz die fahle Haut von den haarigen Lenden.

Nicht selten sieht man eine Herde Gruppe-1-Männchen hysterisch auf einem Bein in Richtung Ausgang galoppieren, wenn eine Rotte Rentner zum Peeling in der Umkleide erscheint. Das Wort *Rotte* ist in diesem Zusammenhang übrigens ein schöner Imperativ.

Ein Klopfen an der Tür meiner Einzelumkleide reißt mich aus meinen Gedanken.

»Kommst du?«, ruft meine Freundin.

»Sofort«, antworte ich, steige in die Badehose, die ich seit zehn Minuten in der Hand halte, und trete vor die Kabine. »Und jetzt?«

»Ich habe uns eine Behandlung gebucht«, sagt meine Freundin. »Facial und Hot-Stone-Thai-Massage.«

»Was?«, frage ich und bete dafür, dass *Facial* nicht das ist, was mir mein Handy gerade zu dem Begriff anzeigt.

Ein paar Minuten später bin ich klüger: Ein Facial ist nicht das, was mein Handy sagt, sondern eine Gesichtsbehandlung. Ich liege mit dem Rücken auf einer Bast-Matte in einem abgedunkelten Raum. Bis hier hin hätten meine Erwartungen noch zutreffen können. Eine sehr kleine Frau betritt den Raum, zündet eine Kerze unter einer Schüssel an, in der ein Handtuch in Patschuli-Öl liegt, und verschwindet kommentarlos wieder. Plötzlich beginnt Musik zu spielen, die klingt, als würde jemand versuchen, mit einer schlecht gestimmten Bratsche einen Hirsch zu schächten, und dabei wie ein Besessener schreien.

Jetzt kommt die kleine Frau wieder in Raum, läuft in aller Seelenruhe zu der Duftöl-Fritteuse, nimmt das heiße Handtuch aus dem Bottich und schlägt es mir völlig unvermittelt mit Wucht ins Gesicht.

»Ey!«, rufe ich erbost.

»Machen locker!«, sagt die kleine Frau und schlägt wieder zu.

Dreißig Minuten später stehe ich völlig gerädert neben meiner tiefenentspannten Freundin. Nachdem ich aus allen Richtungen mit dem nassen Lappen ausgepeitscht worden bin, hat die kleine Frau mich in einem Anfall übermenschlicher Kraft mit Schwung auf den Bauch gedreht und angefangen, mit ihren Knien meine Waden auf und ab zu laufen, was tatsächlich gar nicht mal so angenehm gewesen ist. Anschließend hat sie sich auf mein Steißbein gestellt, meinen Rücken an den Schultern nach hinten-oben gezogen und mir aus dem Nichts ins Kreuz getreten. Danach hat die Hot-Stone-Massage begonnen.

Eine Hot-Stone-Massage ist eine Prozedur, die man während ihrer Durchführung keinesfalls hinterfragen sollte, möchte man nicht Gefahr laufen, die eigene Entscheidungsfähigkeit in Frage stellen zu müssen. Im Grunde liegt man nackt in einer Art Wigwam, während ein völlig fremder Mensch, dem man vorher nicht einmal das Du anbieten konnte, auf einem hockt und sämtliche Muskeln des Körpers mit Wackersteinen traktiert, die er vorher aus einem kleinen Feuerchen geholt hat. Nach dem Ende der Behandlung hat man mich, der ich sämtlichem Gefühl in meinen Extremitäten Verlustig gegangen bin, aufgesetzt und mit den Worten »Tasse Heilkräutertee. Entschlackt!« sowie einem dampfenden Getränk, das roch, als hätte sich vor mir bereits jemand anderes in die Tasse entschlackt, alleine gelassen.

»Ich fühl mich so gut«, sagt meine Freundin.

»Aua ...«, entgegne ich.

»Als hätte ich keine Knochen mehr«, fährt meine Freundin selig fort.

»Wusste nicht, dass das erstrebenswert ist«, sage ich. »Was liegt jetzt an?«

»Dampfbad«, antwortet meine Freundin.

Eine Viertelstunde später stehen wir vor einer milchigen Glastüre, nachdem wir uns zunächst nackt in die Raucherkabine verlaufen hatten, in der lediglich jemand gesessen und an seiner E-Zigarette gesaugt hatte.

»So, wie läuft das jetzt?«, frage ich.

»Da nimmt man sein Handtuch nicht mit rein«, sagt meine Freundin, »du kannst deinen Platz mit einem Schlauch sauber machen.«

Ich reiße die Tür zur Kabine auf. Dichte Nebel hüllt uns ein und raubt mir vollständig die Sicht. »Schnell reinkommen und Tür zu!«, krakeelt eine Stimme aus der Dunkelheit.

Ich ziehe die Tür zu und taste nach meiner Freundin.

»Schatz, bist du das? Ist das deine Hand?«

»Nein und nein«, höre ich eine weitere tiefe Stimme aus dem Nebel.

Ich zucke zusammen und lasse los, was auch immer ich eben gegriffen habe. Meine Freundin tippt mir auf die Schulter.

»Hier, der Schlauch.«

»Und jetzt?«

»Einfach einen Platz aussuchen, nassmachen und hinsetzen.«

»Ich sehe aber nichts!«, nörgle ich verzweifelt.

»Jetzt stell dich nicht an«, sagt meine Freundin.

Ich drehe den Schlauch auf und halte ihn in die Richtung, in der ich die Bänke vermute.

»EEEEEYYYY, was soll das denn?«, schreit eine mir unbekannte Person.

»Oh 'tschuldigung«, sage ich.

»Ist jetzt gleich mal Ruhe hier?«, keift ein Dritter.

»Wer hat Sie denn jetzt gefragt?«, erwidert meine Freundin pampig.

»Kann man sich hier nicht mal in Ruhe peelen?«, mischt sich eine sehr alte Stimme ein.

»Nein!«, rufen alle simultan.

»Okay, ich rufe jetzt den Schwimmmeister«, beschließt irgendjemand.

Kurz darauf erscheint eine orange-uniformierte Silhouette vor der Milchglasscheibe. Dann ertönt ein Geräusch wie von einer Dunstabzugshaube, der Nebel lichtet sich und gibt den Blick auf eine obskure Szenerie frei. Meine Freundin und ich stehen im Eingangsbereich einer Art künstlich angelegten Tropfsteinhöhle. Da, wo ich mit dem Schlauch hingezielt habe, sitzt eine alte Frau mit schütteren Haaren. Hinter ihr an der Wand klebt ein dampfendes Toupet. Zu meiner Linken, dort, wo ich meine Freundin vermutet habe, liegt ein muskulöser Mann Anfang vierzig und wirft mir vielsagende Blicke zu. Neben ihm sitzt ein steinaltes Ehepaar mit einer Schüssel Salz und auf der rechten Seite ein alter Mann, der die ganze Zeit über regungslos dagesessen hat. Der Bademeister öffnet die Tür.

»Scheiße«, sagt er.

Wir gucken ihn erwartungsvoll an.
»Den da vermissen wir seit zwei Wochen.«

Montag, der Achte

08:00 h

Acht Uhr ist generell keine Zeit, zu der ein Mensch montags aufstehen sollte, finde ich.

Acht Uhr ist vor allem keine Zeit, zu der ein Mensch montags aufstehen sollte, um Wein zu trinken.

Mensch heißt in diesem Fall *ich*. *Mensch* ist sehr müde … *Mensch* mag gar keinen Wein. Schuld an der ganzen Misere ist mein Mitbewohner. Seit er angefangen hat, auf Grundschullehramt zu studieren, ist er auf eine gruselige Art und Weise erwachsen geworden. Und ich habe die Befürchtung, dass der Besuch von Weinverkostungen nur die Spitze des Eisbergs ist. Sollte er irgendwann anfangen, Cordjacketts zu tragen, werde ich ihn notschlachten müssen.

Ich blicke mich um. Wir sitzen seit einer halben Stunde in einer Art Kellerverließ unter einem Wirtshaus. Vor uns auf dem Tisch steht eine beunruhigende Anzahl von Weingläsern.

Beunruhigend außerdem: Außer mir und meinem Mitbewohner sind alle anwesenden Gruppenteilnehmer sehr alt. Bisher konnte ich den noch nicht verlorengegangenen oder verstorbenen Teil einer gestern gestarteten Kaffeefahrt aus der Vulkaneifel ausmachen. Andere Gruppenteilnehmer meine ich von meinem letzten Besuch in Bad Salzuflen zu kennen. Abgerundet wird das semivitale Kollektiv von einer Reisegruppe aus Süddeutschland, die es auf dem wohl langweiligsten und kläglichsten Transportweg hierher verschlagen hat, den die Touristikbranche je erbrütete: mit einer Flusskreuzfahrt!

Der neben mir sitzende Teilnehmer hat mich seit seiner Ankunft bereits ungefragt bis ins kleinste Detail über Streckenverlauf und Zwischenstopps seiner Reise sowie das *unmögliche* Benehmen seiner Zimmernachbarn und die schlampige Arbeitsmoral der Putzkräfte an Bord in Kenntnis gesetzt. Außerdem hat er schon 12 Mal betont, dass er eigentlich lieber ein Bier vor sich stehen hätte.

Selten habe ich mich irgendwo so falsch gefühlt. Alkohol in Massen zu trinken, erscheint mittlerweile gar nicht mehr so unattraktiv.

10:15 h

Der Sommelier, ein hageres Männchen mit gegelten Haaren und schwarzer Schürze, ist eingetroffen. Er begrüßt uns, eröffnet das »Tasting« und entkorkt die erste Flasche. Danach riecht er intensiv am Korken und gibt einige orgastische Laute von sich. Sonst passiert weiter nichts.

Fünf Minuten später gestatte ich mir die Frage, ob denn alles in Ordnung sei. Ich ernte einen geringschätzigen Blick und ein kryptisches: »Der Wein ... muss atmen.«

Ich schließe die Augen und lege meinen Kopf auf den Tisch. Die Hälfte unserer Gruppe ist eingeschlafen, mein Sitznachbar hat sich »zur Überbrückung« eine Maß Bier bestellt.

10:30 h

Der Sommelier erbarmt sich und schenkt sich und uns den ersten Wein ein. Ich hebe mein Glas und will mit meinem Mitbewohner anstoßen. Doch der hebt beschwichtigend die Hand und deutet auf den Sommelier, der eine abstruse Choreographie begonnen hat.

Er schleudert das Glas mit kreisenden Bewegungen durch die Luft und beobachtet aus zusammengekniffenen Augen den schwappenden Wein. Er nippt einen Schluck, schlackert ihn im Mund hin und her, vor und zurück, dann erst schluckt er und schmatzt geräuschvoll.

»Wie Sie sehen können, hat dieser Rotwein eine eher jugendliche rubinrote Färbung und einen vorwiegend opaken Kern«, beginnt er, zu erklären.

»Wie bitte?«, flüstere ich meinem Mitbewohner zu. »Das ist doch nicht sein Ernst.«

Ich ernte bloß ein verschämtes »Pssst!«. Der Sommelier fährt fort.

»Natürlich fällt sofort das komplexe und expressive, reintönige Bukett auf, das animalische Aroma. Am Gaumen dann ein molliger Ansatz bei fleischiger Textur, diese rassige Säure und die darauffolgende sanfte Pelzigkeit.«

»Das klingt total widerlich«, murmele ich entsetzt, »und überhaupt nicht wie Wein.«

Mein Mitbewohner stößt mir seinen Ellenbogen in die Seite.

»Und er klebt auch gar nicht oben am Gaumen, merken Sie das, wie er hinten schön runterrutscht?«, ruft der Sommelier verzückt aus.

Ich beginne, unkontrolliert zu kichern.

»Jetzt reiß dich zusammen!«, zischt mein Mitbewohner und setzt sich so hin, als würde er mich nicht kennen.

»Okay, pass auf«, sage ich. »Du schleppst mich auf'n Montag hierhin und dann reden wir über fleischig im

Mund, pelzig auf der Zunge, Klebrigkeit am Gaumen und wie schön irgendwas in den Rachen rutscht. Bist du ganz sicher, dass wir im richtigen Kellerverließ sind?«

»Sie können jetzt entscheiden, ob sie ausspucken oder schlucken möchten«, sagt der Sommelier.

»Okay es reicht.«

Ich stehe auf, greife nach meiner Jacke. Mein Mitbewohner zieht mich zurück in meinen Stuhl. Der Sommelier schaut zu uns herüber und kommt an unseren Tisch.

»Und? Was schmecken Sie?«, fragt er mich.

Ich nehme mein Glas, leere es in einem Zug und stelle es zurück auf den Tisch. Dann schlackere ich den Wein im Mund vor und zurück, hin und her, schlucke geräuschvoll, schmatze und sage: »Rotwein. Vorwiegend oraler Kern, anilingisches Bukett, promiskuitives Aroma. Rutscht gut rei... runter.«

Mein Mitbewohner vergräbt sein Gesicht in seinen Händen.

11:10 h

Seit über einer halben Stunde bekommen wir nun verschiedenste Weine vorgetanzt, vorgebetet und vorgesetzt. Oder »kredenzt«, wie der Sommelier seine Faxen nennt.

Mir wird langsam etwas blümerant. Auch am Nebentisch wird die Stimmung zunehmend gelöster. Nur mein Mitbewohner und mein Sitznachbar sind noch ziemlich stabil dabei, was bei Letzterem sicher auf jahrelanges Training zurückzuführen ist, da er zwischen den Weinen regelmäßig noch eine Maß Bier trinkt. Bei meinem Mitbewohner bin ich jedoch um einiges überraschter, stochere daher in den Resten meines Vokabulars herum und frage: »Warumbissunochsonüchaan?«

Obwohl ich um akzentuierte Aussprache bemüht bin, blickt mein Mitbewohenr mich entsetzt an.

»Hast du jedes Mal das ganze Glas getrunken?«, fragt er.

»Jasichaawassnnnsons?«, entgegne ich.

Mein Mitbewohner deutet wortlos auf einen Spucknapf in der Mitte des Tisches, in den er seine letzten Runden nach dem Probierschluck entleert hat.

»Ohscheiissse! Auschpuggnoderrunaschluggn ...«, sage ich und stoße auf. »Wiffpff ... Frrrpffflf ... Fifieleweine kommnoch?«

Mein Mitbewohner nimmt die Liste vom Tisch und zählt. »17«, sagt er.

»Pfffffff«, seufze ich, »leckmichamasch!«

Neun Weine später ...

Mittlerweile haben auch die Spucknapfnutzer Probleme mit dem Geradeausgucken. Sogar mein Sitznachbar, den ich aufgrund seiner Nasenfarbe Rudolph getauft habe. Seinen richtigen Namen habe ich vergessen oder noch nie gekannt – da bin ich mir gerade nicht so sicher. Der Nebentisch hat das zutiefst kulturrassistische Kinderlied »Hab 'ne Tante aus Marokko« angestimmt und trommelt dazu auf dem Tisch. Ich habe Kopfschmerzen.

Acht Weine später ...

Am Nebentisch ist die Situation irgendwie eskaliert. Es hat, glaube ich, damit angefangen, dass einer der Rentner die Frau zu seiner Linken geküsst hat, woraufhin die ihn geschlagen hat, weil sie eigentlich zu dem Mann auf dem übernächsten Platz links gehört. Die Frau des ersten hat rechts vom ihm gesessen. Der übernächst-linke Rentner ist daraufhin aufgestanden und hat ersterem ebenfalls eine übergezogen. Jetzt holt dieser zum Gegenschlag aus, vergisst dabei das noch volle Weinglas in seiner Hand und entleert es auf den hinter ihm sitzenden Rudolph. Dieser wird dadurch aus dem Tiefschlaf geweckt, brüllt »Sakrament!« und zertrümmert eine leere Maß auf Rentner eins, der endgültig zu Boden geht.

Inzwischen ist eine riesige Massenschlägerei im Gange.

Ich erhebe mich schwankend vom Tisch, ducke mich unter einer vorbeifliegenden Zahnprothese weg und warte, bis die Welt sich wieder richtigrumdreht. *Irgendwo muss es doch noch was zu Trinken geben* ... Auf dem Tisch des Sommeliers erblicke ich eine verkorkte Flasche Wein.

»OH GOTT ... ER ATMET NICHT!«, schreie ich, stürze zum Tisch, entkorke die Flasche und leere sie in einem Zug.

Etwas tippt mir auf die Schulter. Ich drehe mich um. Da steht mein Mitbewohner mit dem Spucknapf unserer Gruppe in den Händen.

»Dassschmeckgenauwiesangriaa!«, meint er und nimmt einen tiefen Schluck. »Kommsnochmitaufmbier?«

Ich zucke mit den Schultern.

»Dasprichnixgen. Gegn Bier!«

Filmriss ...

Dienstag, der Neunte

Tropf ... Aua.

Tropf ... Aua.

Tropf ... Ich mache die Augen auf.

Ich blinzele ins Licht. Ein Sonnenstrahl fällt durch mein Badezimmerfenster und trifft auf meine Netzhaut. In meinem Kopf explodiert etwas.

Aua ...

Ich sinke langsam wieder zurück. Vor dem Fenster zwitschert ein Vogel.

Tschirp ... Aua.

Tropf ... Aua.

Tropf ... Tropf?

Ich wage einen zweiten Anlauf und versuche blinzelnd, einen Überblick über die Situation zu bekommen.

Tropf ...

Ich blicke an mir herunter. Ich liege in einer Sommeliers-Schürze, ansonsten nackt, in meiner gefüllten Badewanne. Aus dem Duschkopf über mir tropft ein unsteter Wasserstrahl in mein rechtes Auge. Ich richte mich langsam auf und rolle mich über den Badewannenrand auf den gefliesten Boden.

Patsch! Aua ...

Ich rutsche auf dem Bauch in die Küche, ziehe mich an der Anrichte hoch und hole eine Schachtel Aspirin aus dem Hängeschrank. Ich fummele die letzten drei Tabletten aus dem Blister und werfe sie zusammen mit einer Zitrone und einigen gehäuften Esslöffeln Instantkaffee in unseren alten Küchenmixer. Ich überlege kurz, dann werfe ich den Blister hinterher, fülle mit Eiswürfeln auf und halte mir die Ohren zu, während das rheumatische Küchengerät unter lautem Geschrei einen dunkelgrauen Mörtel zusammenschreddert. Ich schraube den Deckel von der Kanne und versenke einen Strohhalm in meinem Katersmoothie.

»Hashtag Detox ...«, murmele ich, nehme mein Getränk und mache mich auf die Suche nach meinem Mitbewohner.

Worum ging es gestern? Nach dem Weinseminar sind wir in irgendeiner Bar gelandet. Mein Mitbewohner hat von seinem Referendariat erzählt ... Irgendwie war das wohl alles nicht so geil.

»Weißt du, viel kindischer als die, die die Kinder sind, sind die, deren Kinder die Kinder sind!«, hat er noch gerufen, bevor er sich in die mittlere Senktasche eines Poolbillardtisches erbrach und man uns der Kneipe verwies. In betrunken und ohne Kommata hat der Satz nicht besonders weise geklungen. Inzwischen dämmert mir langsam, was er gemeint hat.

Ich stoße die Tür zum Zimmer meines Mitbewohners auf. Das Bett ist unbenutzt, Schränke und Schubladen dafür entweder komplett zerwühlt oder leer. Auf dem Schreibtisch summt der Laptop. Das Fenster steht offen.

»Nicht gut ...«, murmele ich, während ich das Fenster schließe.

Auf dem Laptop ist der E-Mail-Dienst geöffnet.

»Gar nicht gut ...«

Ich klicke mich zum Postausgang durch.

Letzte Mail gesendet um 03:42 h, gesendet an [Verteiler: Elternzimmer GS // Verteiler: Eltern 1b].

»Oh, wie überhaupt nicht gut ...«, sage ich und öffne die Nachricht.

Liebe Eltern.

Wie mir zu Ohren gekommen ist, sind im Anschluss an den letzten Elternabend noch offene Fragen geblieben. Die meisten scheinen sich darum zu drehen, warum ich zum Ende unserer Versammlung schreiend mehrere Runden um den Stuhlkreis gerannt bin, um im Anschluss den Klassenraum durch das geschlossene Fenster zu verlassen.

Nachdem ich heute ein aufschlussreiches Gespräch mit der Schulleitung und meinem Therapeuten geführt habe, werde ich selbstverständlich versuchen, diese Frage zu beantworten.

Der Grund sind Sie!

Da wäre als Erstes Herr Schuster. Mein werter Freund. Wenn Sie sich in Zukunft nicht mehr über die schlechten Noten unter den Hausaufgaben Ihres Sohnes ärgern wollen, gebe ich Ihnen einen gut gemeinten Rat: HÖREN SIE UM HIMMELS WILLEN DAMIT AUF, SIE FÜR IHN ZU MACHEN! Sonst wird Ihr Kind mal genauso bekloppt wie Sie.

Apropos Hausaufgaben ...

Frau Ziegler, wir sind keine Waldorfschule. Wenn Ihre Tochter, statt Mathehausaufgaben zu machen, lieber mit ihren zwölf Geschwistern Laub presst oder Kastanientiere bastelt, dann soll sie das machen. Eine Note in Mathe bekommt sie trotzdem. Und zwar eine schlechte. Und das Chi Ihrer Tochter kann mich mal. Außerdem: Unterlassen Sie es bitte, Sätze, die Sie an mich richten, mit den Worten »Unter uns Kollegen …« anzufangen. Unter uns Kollegen AM ARSCH! Ich habe auf Lehramt studiert. Sie sind ehrenamtliche Leiterin der Kartoffeldruck AG. Wir sind keine Kollegen und werden es auch nie sein! Außerdem möchte ich nicht, dass jemand denkt, ich würde Sie privat kennen, deshalb möchte ich Ihnen an dieser Stelle das Sie anbieten.

PS: Alraune ist kein Vorname, sondern ein Nachtschattengewächs. Ihre Tochter wird es sehr schwer im Leben haben.

Jetzt zu Ihnen, Frau Lehmann. Sie alte Glucke.

Um die Schlüsselantworten gleich vorwegzunehmen: Erstens: Ja, Ihrem Kind geht es gut.

Zweitens: Nein, unsere Schule ist ein Neubau, ich schließe eine Asbestbelastung der Wände vollkommen aus.

Drittens: Oh ja, ein Veggie-Day in der Schulkantine klingt unfassbar aufregend, bitte erzählen Sie uns mehr davon.

Viertens: Nein, Sie bekommen keine Einsicht in das Führungszeugnis unseres Schülerlotsen. Wozu auch? Selbst ohne den Schülerlotsen wäre Ihr Kind nie überfahren worden. Auf dem Weg zur Schule zieht es nämlich eine Schneise der Verwüstung hinter sich her, weil alle anderen Verkehrsteilnehmer erblinden, angesichts des gleißenden Lichts der Reflektoren an seiner Warnweste und der wild blinkenden Kopftaschenlampe zwischen seinen Augen. Die Zahl der Auffahrunfälle vor unserer Schule hat sich seit dem ersten Schultag Ihres Sprösslings verdreifacht.

Übrigens: Ihre veganen Haferkekse schmecken scheiße und sind hart wie Beton. Ich habe zwei Mal in meinem Leben versucht, einen davon zu essen. Seit dem ersten Versuch trage ich vorne links eine Zahnkrone. Beim zweiten Versuch habe ich den Keks prophylaktisch am Stück geschluckt. Und wissen Sie was? Ich habe ihn noch am selben Abend en block wieder ausgeschissen.

Und zum Abschluss mein Liebling, Her Doktor Doktor von Hallersleben.

Woher weiß man, dass jemand Jurist ist? Genau! Er erzählt es einem.

Und wissen Sie was? Es ist mir trotzdem scheißegal!

Verklagen Sie mich doch. Ich bleibe bei meiner Meinung. Ihr Sohn ist nicht, wie Sie immer behaupten, emotional instabil, weil er hochbegabt und in der Schule unterfordert ist, Ihr Sohn ist schlichtweg ein komplett verkapptes Arschloch. Und seit ich Sie kenne, weiß ich auch, warum.

Als Sie gedroht haben, Ihren Miniatur-Terroristen von der Schule zu nehmen, habe ich nicht vor Verzweiflung geweint, DAS WAREN FREUDENTRÄNEN.

Sie alle, kleinkarierte Klugscheißer, asoziale Anthroposophen, hysterische Helikoptereltern und adelige Anwälte – FICKT EUCH!

Bei Rückfragen wenden Sie sich bitte an Frau Müller-Lilienthal. Die wird ab der kommenden Woche die 1b übernehmen.

Ich bin jetzt im Sabbatjahr.

Guten Abend.

Mittwoch, der Zehnte

Seit ich von Zuhause ausgezogen bin, zieht es mich mit schlafwandlerischer Sicherheit in Städte, in denen Fußball sehr ernst genommen wird. Allerdings aus reinem Zufall, es gibt nämlich wirklich wenige Dinge auf der Welt, die mir so egal sind wie Fußball. Trotzdem werde ich regelmäßig, wenn Freunde oder Familie von außerhalb zu Besuch kommen, genötigt, mich dem Zirkus für einige Stunden auszusetzen. So auch heute. Da ich meistens die Heim- und Gastmannschaft nicht voneinander unterscheiden kann, geschweige denn an den Seitenwechsel denke, und deshalb nach der Halbzeitpause zuverlässig an den falschen Stellen jubele, was in der Vergangenheit bereits zu Handgreiflichkeiten seitens meiner Sitznachbarn geführt hat, spiele ich seit einem meiner letzten Besuche ein Spiel. Dabei stelle ich mir vor, ich wäre die Off-Stimme einer Naturdokumentation und das Szenario, das ich beobachte, das Videomaterial. Auf diese Art und Weise habe ich in der Vergangenheit bereits verkaufsoffene Sonntage, Technologiemessen, Schlagerfestivals und meine Pubertät hinter mich gebracht. Warum also nicht auch das hier? Film ab!

»Hallo und herzlich willkommen hier bei Erde-Y, mein Name ist Steffen Dirks und ich nehme Sie heute mit auf die Suche nach Vertretern einer ganz besonderen Spezies: dem Fußballfan.

Der Fußballfan ist allgemein ein Herdentier, man trifft ihn häufig in Gruppen von fünf bis 25 Individuen. Mehrmals wöchentlich lassen sich überall auf der Welt die großen Herdenwanderungen beobachten – ein ganz besonderes Naturschauspiel! Dann verlassen die kleineren und größeren Rotten (unter Fachleuten spricht man von *Fanclubs*) ihre geräumigen Nester und Höhlen und brechen auf, um ihren natürlichen Lebensraum aufzusuchen: das Stadion. Auf dem Weg dorthin lässt sich der Fußballfan besonders gut beobachten, da er in einem Anfall von Euphorie seine Tarnung vollständig aufgibt. Bunt gekleidet und behängt mit diversen rituellen Schals und Amuletten sammeln sich die einzelnen Verbände rund um ihre Futterplätze (Zoologen sprechen hier von der *Grillbude*) und Wasserlöcher (den *Bierzelten*).

Und jetzt, liebe Zuschauerinnen und Zuschauer zu Hause, müssen wir ganz besonders aufmerksam sein. Denn hier, in seinem natürlichen Habitat, lässt sich ein Ritus beobachten, der Naturforschern bis heute Rätsel aufgibt. Das sogenannte *Vorglühen*. Hierbei kristallisiert sich zum ersten Mal heraus, wer die Rudelführer sind – im Fachjargon spricht man hier von *Stadionsprechern*. Sie animieren die anderen Rudelmitglieder zu Lockerungsübungen für den Unterkiefer. Diese sind wichtig, um später die rituellen Gesänge angemessen intonieren zu können. Dazu verwenden die Rudelführer dadaistisch anmutende Sprechgesänge. Hier hört man ein *Schalalaaaa*, dort ein *Humpahumpa*. Für Außenstehende mag das fast schon irritierend wirken, die rudelinterne Verständigung funktioniert jedoch reibungslos. Zoologen beobachteten bereits, wie zwei sich bis dahin völlig fremde männliche Exemplare in den folgenden brünstigen Dialog traten:

›Olööööö!‹

›Schalala!‹
›Olöööö!‹
›Schalala!‹
›Olöö…‹

Dieser Dialog dauerte knappe 15 Minuten an. Danach fielen sich die beiden Männchen tief ergriffen um den Hals, um anschließend Arm in Arm die Bierlöcher aufzusuchen. Ein Phänomen!

Irgendwann endet das kollektive Vorglühen, das nur gelegentlich von unbeholfen wirkenden Balzversuchen bereits alkoholisierter Männchen unterbrochen wurde. Diese fallen aufgrund der alkoholbedingten Defizite in Bereichen wie Artikulation, Lautstärke und Körperhygiene meistens erfolglos aus oder es kommt zu Kämpfen um die Rangordnung, die meistens verbal, gelegentlich auch handgreiflich gelöst werden.

Im inneren des Stadions versammelt man sich nun und beobachtet elf Artgenossen (die *Mannschaft*) sowie ein elfköpfiges rivalisierendes Rudel, wie es umeinandertollt und gelegentlich gegen Lederkugeln tritt. Man spricht hier vom sogenannten *Aufwärmen*. Schließlich werden allen die Kugeln weggenommen, bis nur noch eine auf dem Rasen verbleibt. Um diese entbrennt dann ein ausgiebiger Konflikt. Landet die Kugel dabei im Nest des rivalisierenden Rudels, so springt die gesamte heimische Rotte auf, huldigt dem Treter mit dadaistischen Lobgesängen und bringt ihm reichhaltige Opfergaben an Bratwurst und Bier dar. Verirrt sich die Kugel allerdings ins eigene Nest, so entbrennen hitzige Debatten um die Frage nach der Verantwortung. Beliebte Schuldige sind der Ordnungshüter mit der Flöte, das Wetter, das Schicksal oder das Leben im Allgemeinen und Besonderen. Der Fußballfan ist ein großer Philosoph.

Von Zeit zu Zeit lässt sich dann ein in der Tierwelt häufig auftretender Habitus beobachten – einer der Kugeltreter stellt sich tot. Zum Beispiel, nachdem er über einen Grashalm gestolpert ist. Ist es der eigene Mann, der dann am Boden liegt, entbrennt ein zorniges Gebrüll im Rudel und es entlädt sich eine Reihe verbaler Entgleisungen gegen den Mann mit der Flöte, die Rivalen oder das Leben an und für sich. Außerdem bangt man um das Leben dessen, der daniederliegt. Stellt sich jedoch ein Exemplar des gegnerischen Rudels tot, werden verächtliche Laute ausgestoßen. Häufig zu hören ist ein langgezogenes *Pfuiiii*.

Nach grob 90 Minuten endet das Spektakel. Landete das Leder bis dahin häufiger im gegnerischen Nest, wird ausgiebig gefeiert, gerne mit Wurst und Bier. Landete die Kugel jedoch häufiger im eigenen Netz, wird ausgiebig getrauert. Gerne mit Wurst und Bier.

Dann brechen die Herden wieder auf und ziehen zurück in Richtung ihrer Schlafhöhlen. Dabei wird das Revier rund um das Stadion ausgiebig markiert. Dieses Verhalten ist jedoch ausschließlich den Männchen und einigen äußerst geschickten weiblichen Exemplaren vorbehalten.

Das war es für heute mit Erde-Y, schalten Sie auch nächste Woche wieder ein, wenn wir uns auf die Spuren des scheuen Kleingartenbesitzers begeben.

Vielen Dank und guten Abend.«

Donnerstag, der Elfte

16:00 h

Vor einer Stunde klingelte es an der Tür. Davor stand eine gute Freundin. Auf ihrem Arm trug sie einen Ausbund der Abscheulichkeit, der sich wie folgt beschreiben lässt:

Es war sehr klein, es war sehr haarig, es hatte den Körper einer Ratte, es hatte die Beine eines Rehs, es hatte den Schwanz eines Schweins, die Ohren einer Fledermaus, den Kopf einer Spitzmaus, die Zähne eines Haifischs und die Augen von E. T.

»Was ist *das* denn?«, fragte ich.

»Das ist Trixie!«, sagte meine Freundin.

»Was soll das sein?«, fragte ich wieder.

»Ein Hund«, antwortete sie.

Ich lachte. Sie nicht.

»Ein Chihuahua«, präzisierte sie dann.

»Wir sind ab morgen im Urlaub und die Dogsitterin ist abgesprungen. Kannst du bis Samstag auf Trixie aufpassen?«, wollte sie wissen.

Und ich lachte wieder. Und sie wieder nicht. Und bevor ich die Möglichkeit bekam, mit angemessener Vehemenz Widerstand zu leisten, hatte sie mir schon ihren hässlichen Wolpertinger auf den Arm gedrückt und sich vom Acker gemacht. Sie lachte. Ich lachte nicht ...

Jetzt liege ich auf dem Sofa. Trixie sitzt auf meinem Bauch und starrt mich unentwegt mit ihren gigantischen Glubschaugen an. Dabei zittert sie am ganzen Körper, als würde sie kurz vor der Detonation stehen. Vor ein paar Minuten hielt ich es nicht mehr aus und brüllte das Untier an.

»WAS GUCKST DU SO BLÖD?«

Da fing es an, zu sabbern.

16:15 h

Als ich mit trockenen Klamotten wieder ins Wohnzimmer komme, ist das als solches nicht mehr zu erkennen. Vielmehr erinnert es an eine Legebatterie, in der irgendjemand einen Sprengsatz gezündet hat.

Mein Sofa ist komplett zerschreddert. Ein gigantischer Daunenhaufen liegt nun an seiner Stelle. Und auf dem Gipfel des Haufens thront Trixie mit meinem letzten überlebenden Kissen in ihrem Maul und schüttelt es nach Leibeskräften.

»Bist du irre?«, schreie ich.

Trixie verharrt, blickt mich an und lässt das Kissen zusammen mit einer sehr langen und sehr nassen sabbernden Zunge aus ihrem Schlund fallen.

Ich atme ein, ich atme aus, ich zähle im Kopf langsam bis zehn. Dann greife ich mir Trixie, setze sie in den Wandschrank und schließe die Tür.

19:00 h

Ich lasse Trixie wieder aus dem Schrank und versuche es diplomatisch.

»Wenn ich nachher schlafe, hätte ich es gerne ruhig! Verstehst du das?«

Trixie starrt mich an und sabbert auf mein Parkett. Ich akzeptiere das als »Ja«.

Freitag, der Zwölfte

7:00 h

Ich werde vom Fiepen meines Weckers geweckt.

Mit geschlossen Augen taste ich unter der Bettdecke hervor und schlage auf den Wecker. Er fiept lauter. Ich schlage fester zu. Der Wecker verstummt.

7:15 h

Konnte Trixie erfolgreich reanimieren. Sie saß auf meinem Nachttisch neben dem Wecker und kläffte. Zu meiner Verteidigung ist aber zu sagen, dass ein Chihuahua nicht im Ansatz so eindrucksvoll bellt wie andere Hunde. Nein, vielmehr gleicht sein Geschrei dem Husten eines asthmatischen Wellensittichs.

8:00 h

Ich hatte eigentlich den Plan gefasst, mich mit dem Ungetüm unter gar keinen Umständen in der Öffentlichkeit sehen zu lassen.

Aber weil mir der dumme Köter jetzt schon zum dritten Mal in die Blumenkübel gekackt hat, gehen wir vor die Tür.

8:45 h

»Ach, warum denn ...?«, stöhne ich.

Ich stehe auf einer frisch gemähten Wiese und suche Trixie. Alle anderen Hunde sind gut zu sehen, nur mein hundgewordener Unfall ist gänzlich untergegangen. *Das kann doch jetzt nicht wahr sein.* Es surrt. Die Flexi-Hundeleine in meiner Hand spult sich ab.

»Trixie!«, schreie ich und bereue es sofort, weil sich alle zu mir umdrehen und gucken.

Ich überlege kurz. Dann drücke ich den Aufspulknopf an der Flexi-Leine. Es sirrt. Hunderte Meter vor mir bildet sich eine Schneise im Gras, die sich mit atemberaubender Geschwindigkeit auf mich zubewegt. Es zischt. Vor mir rutscht Trixie mit rudernden Beinen aus der Wiese. Es knallt. Das Ende der Leine ist mit Hund in meiner Hand angekommen. »Im hohen Gras ist ein Pokémon aufgetaucht«, murmele ich und trage den Hund am Henkel nach Hause.

Samstag, der Dreizehnte

15:00 h

Heute ist Trixie von uns gegangen …

Nein, es war keine Absicht! Was muss der scheiß Köter auch aus der Kloschüssel saufen? Ich habe nicht mit Absicht gespült! Ich habe ihn einfach nicht gesehen.

Als ich ihn entdeckt habe, war es schon zu spät. Er hat sich noch zweimal im Kreis gedreht, dann ist er abgetaucht.

Der restliche Nachmittag wird wunderbar entspannt, aber wenn ich den Hund später wieder bei meiner Freundin abliefern muss, muss ich mir was einfallen lassen.

20:00 h

Endlich habe ich meine Ruhe. Der Plan hat perfekt funktioniert. Ich hatte gestern im Baumarkt meines Vertrauens kostengünstig eine Wüstenrennmaus erstanden, die verblüffende Ähnlichkeit mit Trixie hat. Die habe ich eben bei meiner Freundin abgeliefert.

»TRIXIE!«, hat sie gerufen und die Rennmaus an sich gedrückt.

Sie hat gelacht. Ich auch.

Nachtrag – eine Woche später:

17:00 h

Eben im Baumarkt meines Vertrauens gewesen. Mein Lieblingsverkäufer ist auf mich zugekommen. »Na, wie geht's der Rennmaus?«, hat er gefragt.

»Gut!«, habe ich gesagt.

Daraufhin hat er gelächelt.

»Schön, dass sie so schnell ein neues Zuhause gefunden hat. Die Feuerwehr hatte das arme Kerlchen am Donnerstag aus einem Gully geborgen.«

Sonntag, der Vierzehnte

Ich sitze im Zug nach Dresden. Irgendwas ist anders als sonst. Der Zug war pünktlich, er ist auf dem richtigen Bahnsteig in der richtigen Reihenfolge eingefahren, ich habe einen Sitzplatz bekommen und in meinem Abteil ist niemand mit einem tragbaren Lautsprecher. Mir ist das suspekt. Ich setze meine Kopfhörer auf, suche die neuste Folge des Literaturpodcasts und drücke auf Play. In meinen Ohren ertönt ein infernalisches Getöse. Ich springe aus meinem Sitz und blicke mich um.

»Sie hörten eine Kostprobe des Künstlers unserer heutigen Sendung. Anstelle von Klassikern der Literatur wollen wir uns heute mit zeitgenössischer Lyrik befassen«, sagt der Sprecher in meinen Kopfhörern. *Oh, bitte nicht …*

»Der Name dieses Künstlers, mit dessen Werken wir uns heute auseinandersetzen wollen, ist ihnen sicher geläufig. Ich rede von keinem Geringeren als *Haftbefehl*.

Bei der Artikulation des Namens des Künstlers ist zu beachten, dass am Beginn des Wortes ein stimmloser velarer Frikativ, also ein »CH« anstelle des Konsonanten ›H‹ zu sprechen ist.

Tauchen wir nun in die inhaltliche Analyse ein.

Es fällt zunächst auf, dass *Befehl* sich beim Bilden seiner Reime scheinbar auf einer höheren Ebene der Dichtkunst befindet. So erschließen seine Reime sich dem normalsterblichen Leser nicht unbedingt sofort. Bereits in geradezu brillant satirischer Weise ins Unreine getrieben ist folgender Reim aus seinem Werk ›Gestern Gallus heute Charts‹. Ich rezitiere:

Deutscher Rap ist am Arsch und richtig Blamage
Dein Rap ist Fiat, meiner ist Porsche

Das ist neu, meine Damen und Herren, das ist ungewöhnlich. Doch *Chaftbefehl* geht noch einen Schritt weiter. Eine vollkommen neue Dimension des Reimes präsentiert er uns in seinem Gedicht ›Stoppen Sie mal Officer‹. Führen wir uns folgende zwei Zeilen zu Gemüte:

Wer bist du schon Julien ich bin zwar kein Student
Doch mein Name reimt sich nicht auf Hurensohn

Auch hier wird der Reim innerhalb des Textes nicht unbedingt auf den ersten Blick deutlich. Offen bleibt auch, welcher Teil des Wortes ›Julien‹ sich auf Hurensohn reimt. Meine Damen, meine Herren, wir wissen es nicht – der Künstler ist ein überlegener Geist. So finden auch gesellschaftlich relevante Themen immer wieder Anklang in den Werken Chafts. Ja, Themen wie die menschliche Sexualität beispielweise. Insbesondere Vaterkomplexe und Objektophilie finden einen zentralen Platz im lyrischen Schaffen. Ein Beispiel dafür ist der bekannte Vers:

Papa Haft ist zurück und er fickt deine Stadt

Zuletzt wollen wir nun eine Zeile aus einem Werk der früheren Schaffensperiode *Befehls* genauerer Betrachtung unterziehen. Das Werk trägt den vielsagenden Titel ›Bitch da hast du‹.

Ich rezitiere:

Klick, klack, boom. Bitch, da hast du!

Meine Damen und Herren, bereits in diesen sieben einfachen Worten offenbart sich uns der gesamte Genius *Chaftbefehls*. Es ist offensichtlich, dass der Künstler sich mit den ersten drei Worten ›Klick, Klack, Boom‹ an das Konzept des Lautgedichts anlehnt, wie es sich im frühen Dadaismus 1916 entwickelt hat. Er bedient sich zudem der rhetorischen Figur der Akkumulation, indem er drei onomatopoetische Termini zugehörig zu einem gemeinsamen Oberthema enumeriert. So weit, so offensichtlich. Spannender wird es im zweiten Versteil ›Bitch, da hast du!‹. Die Ellipse ist offensichtlich. Ganz bewusst wurde hier auf Satzteile verzichtet. Doch *Chaft* geht noch deutlich subtiler vor:

Es ist das implizite lyrische Ich gemeint, das eine gleichzeitige Handlung apellativ dem Subjekt des Satzes, der Bitch, ankündigt, den Leser jedoch über das Objekt, auf das sich die Handlung bezieht, völlig im Unklaren lässt. Der Dichter evoziert also, dass sich die Leser des Gedichtes eine Frage stellen, deren Antwort die weitere Interpretation des Gedichts, ja wenn nicht seines Lebenswerkes, maßgeblich beeinflussen soll.

Es ist die einfache, aber doch sinntiefe Frage, die sich schon im Titel des Werkes stellt:

Was hat die Bitch?

Meine Damen, meine Herren ... wir wissen es nicht.

Guten Abend!«

Montag, der Fünfzehnte

Schon wieder eine Sammelumkleide. *Irgendetwas muss ich falsch machen …* Nach meinem letzten Besuch in der Sauna, der mir wieder einmal die Liste meiner körperlichen Defizite vor Augen geführt hat, habe ich mir vorgenommen, an mir und meiner Fitness zu arbeiten. Deshalb habe ich mich vergangene Woche in einer entsprechenden Studiokette angemeldet.

Jetzt stehe ich vor dem Spiegel in der Umkleide und zweifele an meiner Zurechnungsfähigkeit. Direkt nach der Anmeldung bin ich nämlich in einem Online-Kaufhaus auf die Suche nach Sportbekleidung gegangen. Als Erstes hat man mir Herrenleggins empfohlen, also das mit Abstand unvorteilhafteste Stück Textil, das die Modewelt jemals ersonnen hat. Dachte ich. Dann wurden mir Barfußschuhe vorgeschlagen. Dabei handelt es sich im Grunde um Neoprenpantoffeln, bei denen jeder Zeh nochmal einen separaten kleinen Neoprenpantoffel trägt. Dazu entsprechende Handschuhe und Oberbekleidung.

In der Hoffnung, dass sich mir der tiefere Sinn dieser designtechnischen Entgleisungen während der Nutzung offenbaren würde, habe ich trotz aufkeimender Zweifel alle benötigten Produkte bestellt und das wenige Tage später bei mir eingetroffene Paket mit auf meine heute beginnende Tour genommen. In meinem Dresdener Hotelzimmer habe ich dann vorhin den ersten Rückschlag erlebt. Denn wie sich herausstellte, handelt es sich bei *Fuchsia* nicht, wie ich dachte, um einen Hersteller für Sportausrüstung, sondern um einen sehr hässlichen Rosa-Farbton, in dem nun alle Kleidungsstücke geliefert worden sind.

Dennoch habe ich in einem Anfall von Trotz versucht, die Klamotten anzuprobieren, was sich jedoch als weitaus schwieriger entpuppte, als ich erwartet hatte. Ich habe die Beine der hautengen Leggins bis kurz über meine Knöchel gezogen, danach haben sie sich weder aufwärts, geschweige denn abwärts bewegen lassen. Ich bin also mit aneinander geschnürten Knöcheln aus dem Bad zurück ins Zimmer gesprungen, habe die Flasche mit dem Olivenöl aus der Menage genommen und die Innenseite der Leggins großzügig eingefettet. Auf diese Art bin ich schließlich in alle Komponenten des Outfits geschlüpft und zum Fitnessstudio aufgebrochen.

Der Anblick, der sich mir im Spiegel der Umkleide bietet, ist erschütternd. Mich trennen derzeit knappe zwei Millimeter Luftraum davon, von der Naht meiner Leggins zum Eunuchen gemacht zu werden, und im Ganzen sehe ich aus wie das Produkt ungeschützten Geschlechtsverkehrs einer Unke mit einem adipösen Flamingo. Dazu kommt, dass das gesamte Ensemble sich bei Bewegung sehr ungünstig verspannt. Zum Beispiel zeigen meine Arme immer nach hinten, wenn ich mich bücke. Am liebsten würde ich wieder zurück ins Hotel gehen und mich auf den Auftritt heute Abend vorbereiten, da ich aber zum einen den Kurs bereits bezahlt habe und zum anderen in absehbarer Zeit meine neoprene Hülle nicht werde verlassen können, atme ich tief durch, öffne die Tür der Umkleide und laufe ungebremst in einen amorphen Haufen aus Öl, Muskeln und Schweiß. Der testosterone Berg wendet sich, beugt sich zu mir herab und spricht Folgendes: »Hallööö, isch bin der Rüdischo, däin Pörsönäl Träino!«

»Äh ... bitte was?«, frage ich.

»Isch bin Rüdischo«, wiederholt er.

»Okay«, sage ich, »bitte?«

»Rüü-dii-schöö-oaah!«, sagt Rüdiger. »Sö wie mons sprücht!«

»Haha«, sage ich, »das glaube ich nicht!«

Rüdiger übergeht meinen Einwand.

»Nü, die önnern öus der Grübbe worten schön!«, sage er und führt mich in eine gigantische Halle.

Wir passieren eine Reihe von Menschen, die auf aufgebockten Fahrrädern sitzen und sich die Lunge aus dem Hals strampeln, ohne dabei voranzukommen. An einem Turm, an dem der halbe Lagerbestand eines Stahlwerks angebracht ist, sitzt ein Mann mit Bizepsmuskeln, die wie Treckerreifen aussehen, und zieht an einem Seil.

»HAAAAAAAAAAA!«, schreit der Mann und ich erschrecke.

Er greift erneut nach dem Seil.

»HAAAA!«, schreit er.

Sonst passiert nichts. Der Mann presst beide Lippen fest zusammen. Dann läuft er dunkelrot an. »Hrrrmgnnnhhpffffschhh«, stößt es aus ihm hervor.

Es ploppt. Sein rechtes Auge springt auf und quillt aus seinem Schädel. Seine Arme machen einen Ruck, der Stahl bewegt sich und der Mann lässt ihn mit einem lauten Knall wieder fallen. Alle Umstehenden applaudieren.

»Hhhhhhhh!«, sagt der Mann, steht von seinem Hocker auf und bricht zusammen.

Wirklich selten habe ich etwas so Verstörendes gesehen.

Wir erreichen den Rest unseres Kurses. »Die erschte Übbung züm wörmmöche«, dröhnt Rüdiger, »nennt sisch Klöbbmesso.«

Hui, das hört sich ungesund an, denke ich.

»Düda! Kömma nach vörne.«

Völlig konsterniert blicke ich in Rüdigers ausgestreckten Zeigefinger.

»Dü müsst disch nischt fürschten. Tüt nisch weh«, sagt er und knufft mir freundschaftlich mit dem Ellenbogen in die Seite, wobei er meine Leber liebevoll an meiner Wirbelsäule zerdrückt.

Dann schleift er mich in die Mitte, packt mich mit einer Hand an beiden Fußgelenken und mit der anderen im Nacken. Schließlich drückt er mein Gesicht auf meine Zehenspitzen. »Dos Klöbbmesso schont den Rüggen ...«, beginnt er, zu dozieren, und ich fühle, wie eine meiner Bandscheiben langsam, aber stetig ihren vorgesehen Platz verlässt. »... und stärkt die Müskülatür.«

Irgendwo in meinem Rückgrat knallt etwas. Es ist eine Sehne, die gerissen ist, jetzt durch meinen Oberkörper peitscht und dabei alles abrandaliert, was ihr im Weg liegt. Rüdiger lässt mich los. Ich verharre weiter in meiner Position wie ein lebendiges Origami.

»Nü, der mocht dos hier sehr güt, wie ör die Spannung hält«, sagt Rüdiger und blickt anerkennend auf mich herab.

So langsam frage ich mich, ob ihm der Unterschied zwischen warm- und kaltmachen wirklich bewusst ist. Auf jeden Fall faltet er mich wieder auseinander und die Gruppe wandert zum nächsten Gerät.

»Bäim Bonkdrüggen trännion wir besönders die Brüstmüskeln«, sagt Rüdiger. »Dü bis jo jetz schön gedehnt, kömm döch nöchma zü mir.«

Ohne intervenieren zu können, werde ich gepackt und auf einer Liege festgeschnallt. Was Rüdiger weiter erklärt, verstehe ich nicht, ich sehe aber, wie er mit Daumen und Zeigefinger eine Langhantel aus dem Regal nimmt und sie mir mit den Worten »Hält mo kürts« in die Hand drückt. Kurz verharre ich mit der Langhantel in den Händen. Dann wird mir schlagartig klar, wie schwer das Ding ist. Meine

Arme brechen unter der unmenschlichen Last zusammen, weshalb die Hantel in meine Magengrube stürzt, worauf mein Oberkörper wie die Klammer einer Mausefalle nach oben schnackt, ich mit dem Kopf unter ein Regalbrett stoße, aus dem sich eine fünfzehn Kilo Hantelscheibe löst und eine präzise Punktlandung auf meinem kleinen Zehennagel hinlegt, weshalb ich schreie, aufspringe, auf einem Igelmassageball ausrutsche und vornüber in den Gewichtsturm vom wieder zu sich gekommenen Stahlmann stürze, der vor Schreck das Seil loslässt. Das letzte, was ich sehe sind 147 Kilo, die guillotinenartig von oben auf mich einfallen.

Nachtrag: Vier Wochen und eine Reha später

Ich stehe mit anderen Patienten in einer kleinen Turnhalle im Keller eines Krankenhauses und betrachte die Poster mit Dehnübungen an der Wand. Hinter mir öffnet sich quietschend die Tür und eine Stimme dröhnt: »Hallöö, isch bin Ihr Kronkengymnost. Mäin Nome is Rüdischo!«

Abspann

Herr Fach?

Hm, ja?

Tschuldigung, wenn ich Sie hier einfach so abfange nach der Show.

Kein Thema.

Da war ja echt ein bisschen was zum Schmunzeln dabei heute Abend.

Äh … danke?

Also teilweise wirklich amüsant.

Freut mich.

Aber falls ich Ihnen noch einen Tipp geben darf, als jemand mit ein wenig Lebenserfahrung …

Was?

Ich mache nämlich quasi sowas Ähnliches wie Sie.

Ach.

Ja, ich arbeite in der Finanzabteilung bei einem mittelständischen Unternehmen …

Hö?

… und schreibe seit einigen Jahren immer das Gedicht
für unsere Weihnachtsfeier. Kommt immer total gut an.

Oh. Toll.

Naja und ich habe die Erfahrung gemacht, dass man den Leuten manchmal ein bisschen Zeit geben muss, um zu lachen.

Okay.

Letztes Jahr hatte ich zum Beispiel eine Pointe drin, da habe ich gesagt: »Doch heute woll'n wir nichts verkaufen, heute geht es nur ums ...« und dann habe ich gewartet, bis jemand »saufen« gerufen hat, und habe dann »gemütliche Beisammensein« gesagt. Die Leute haben geschrien vor Lachen!

Ja, ich könnte gerade auch schreien.

Naja, solche Pausen sind auf jeden Fall essentiell und sowas hatten Sie heute zum Beispiel gar nicht drin. Aber das kommt ja mit der Zeit. Man entwickelt dann einfach so ein Gespür dafür, was die Leute brauchen. Unglaublich ist das. Aber da haben Sie ja auch noch gut Zeit. Seit wann machen Sie das jetzt? Ein Jahr?

Neun.

Haha, der war gut. Naja, ich überlasse Sie jetzt mal wieder Ihrer Entourage. Aber ist immer schön, sich mit anderen Schreibenden auszutauschen.

Wunderschön.

Danke, dass Sie sich die Zeit genommen haben.

Schade, dass Sie mir die Zeit genommen haben.

Was?

Nix.

Haha. Na dann. Gute Nacht, Herr Fach! Hey, den muss ich mir merken. Haben Sie den schon mal gehört?

Ne. Ist super ... originell.

Wahnsinn, dass da noch keiner drauf gekommen ist!

Eigentlich war das iron...

Also dann. Gute Nacht, Herr Fach.

...

Herr Fach?

...

Was? Achso, ja.
Gute Nacht!

Nachwort und Danksagung

Ganz ehrlich – als ich 2011 mit 13 Jahren auf die Bühne im Bunker Ulmenwall getölpelt bin, um an meinem ersten Poetry Slam teilzunehmen, wusste ich nicht mal genau, was ein Poetry Slam ist, geschweige denn, was sich aus diesem Abend entwickeln würde. Und es ist schwer bis unmöglich, meine generelle Dankbarkeit für all das in Worte zu fassen. Deshalb möchte ich mich jetzt stellvertretend bei ein paar Leuten bedanken. Als Erstes muss ich meine Eltern nennen. Wenn man als 13-Jähriger auf die Idee kommt, seine Abende in irgendwelchen Kellerkneipen zu verbringen, um da Leuten vorzulesen, dann ist das im Sinne der geltenden Jugendschutzgesetze gar nicht so einfach. Außer man hat Eltern wie meine, die aus den Sommerferien für einen Abend zurück nach Bielefeld reisen, damit das Kind bei einem Saisonfinale antreten kann, und am nächsten Morgen ein zweites Mal in die Sommerferien aufbrechen. Danke, dass ihr mich früher nie gebremst habt, wenn ich etwas versuchen wollte, und danke, dass ihr es heute manchmal tut, wenn ich versuche, eine Tour, feste und freie Jobs und ein Studium zu irgendetwas zu verbinden, was einem Alltag nahekommt.

Zum Thema erster Auftritt: Grüße an Micha-El und Sven, die bei meinem allerersten Slam meinen Namen auf Startplatz eins gelost, den Kopf geschüttelt und dann heimlich neu gelost haben. Ja, das habe ich gesehen. Danke!

Außerdem ein riesiger Dank an alle, die U20-Arbeit in der Slam-Szene leisten. Wegen Euch haben so viele junge Menschen die Chance, zu sagen, was ihnen wichtig ist, und sich künstlerisch zu entwickeln, ohne sich dabei Gedanken über Logistik, Sicherheit, oder Anbindung machen zu müssen. Ihr seid absolute Helden!

Lina, danke, dass du cool bleibst, wenn ich dich anrufe und erzähle, dass wir das nächste Wochenende doch in Köln statt in Bremen verbringen und ich danach nach Berlin statt nach Hamburg fahre. Solange du mitkommst, bin ich nicht weg von Zuhause.

Im Kollektiv möchte ich allen Menschen aus der Szene danken, die im Laufe der Jahre zu guten Freunden geworden sind. Jann Wattjes für das großartige Vorwort (ich schreibe diesen Satz, bevor er das Vorwort fertig hat, um Druck aufzubauen) und Karsten und Denise vom Lektora Verlag, die dieses Buch überhaupt möglich machen – danke für eure Geduld, Flexibilität und Energie.

Und zu guter Letzt: Danke fürs Lesen!

Hidden Text

Willkommen zum Hidden Text. Dem »Bonusmaterial«, wenn man möchte. Bei der folgenden Geschichte war ich sehr unschlüssig, ob sie es ins Buch schafft. Der Hauptgrund dafür: Sie ist vollkommen absurd.

Bisweilen erreichen mich E-Mails mit seltsamen Anfragen. Die, die ausschlaggebend für diesen Text war, war vielleicht die seltsamste. Für eine große Konferenz mit dem Namen *Versicherung 4.0* wurde sich ein Auftritt von mir gewünscht, mit einem extra dafür geschriebenen humoristischen Text zum Thema *Digitalisierung in der Versicherungsbranche*. Ich bin mir nicht sicher, ob der Veranstalter sich der Ironie so ganz bewusst gewesen ist, als ich am Telefon sagte, ich könne mir kein lustigeres Thema vorstellen als die Digitalisierung der Versicherungsbranche und das sei alles gar kein Problem. Auf jeden Fall hatte ich damit irgendwie zugesagt und setzte mich, versehen mit den Zusatzhinweisen, dass ich bitte auch Versicherungs-Apps und Warteschleifen am Telefon thematisieren solle, an folgenden Text.

PS: Er kam verdammt gut an. Ich weiß nicht, ob ich das schön, lustig oder beunruhigend finde.

Versicherung 4.0

07:00 h

Mein Telefon klingelt. Ich werde wach. Im Halbschlaf taste ich nach dem Telefonhörer und melde mich gewohnt höflich: »Wer stört?«

»Guten Morgen, Herr Fach. Heribert Knülling mein Name. Ich rufe von Ihrer Versicherung an und habe ein tolles Angebot für Sie, das ich Ihnen kurz vorstellen möchte, wenn Sie damit einverstanden sind.«

Noch bevor ich etwas erwidern kann, fängt Herr Knülling von der Versicherung schon an, zu erzählen. Ich lege das Telefon bei Seite und stehe auf. Nach kurzer Suche finde ich in einer Schublade meines Schreibtischs, was ich vor langer Zeit genau für solche Zwecke vorbereitet habe. Ein altes Diktiergerät, das ich von meinem Großvater bekommen habe. Auf der Minikassette im Inneren befindet sich eine Aufzeichnung meiner eigenen Stimme, die in regelmäßigen Abständen Sachen sagt wie: »Aha«, «Ach was«, «Hmhm« oder «IS NICH WAHR!«

Ich starte die Wiedergabe und lege das Aufnahmegerät neben das Telefon.

07:30 h

Ich bin geduscht und habe gefrühstückt. Herr Knülling unterhält sich immer noch mit meiner Minikassette. Während ich Kaffee in meine Thermoskanne fülle, höre ich, wie er fragt: »Also, wollen Sie bestellen?«.

Ich stutze.

»Hmhm«, sagt mein Diktiergerät.

Ich knirsche mit den Zähnen.

»Wunderbar. Dann wünsche ich Ihnen noch einen schönen Tag, Herr Fach«, sagt Herr Knülling.

»IS NICH WAHR!«, blökt es aus dem Aufnahmegerät.

Das mit der Verabschiedung klappt nie, denke ich. Aber viel Wichtiger: Was hat die Kassette da eben bestellt?

16:00 h

Ein Kurierdienstleister klingelt an meiner Tür. In seinen Händen hält er ein Päckchen von meiner Versicherung. Ich gehe in die Küche und reiße die Verpackung auf. In dem Päckchen ist eine kleine Kamera, eine Art Armband aus Gummi und ein Umschlag mit zwei Zetteln. Der erste ist ein Brief von Heribert Knülling.

Hallo, Herr Fach.

Vielen Dank für das konstruktive Gespräch heute Morgen, bei dem ich Sie über die Vorteile der Digitalisierung informieren durfte, die nun auch in der Versicherungsbranche Einzug hält.

Anbei finden Sie wie vereinbart Ihre Fahrzeugüberwachungseinheit und Ihr Fitnessarmband. Bitte montieren Sie erstere mittig hinter Ihrer Windschutzscheibe. So erhalten wir automatisch Daten zu Ihrem Fahrstil. Je umsichtiger Sie fahren, desto geringer werden in Zukunft Ihre Versicherungsbeiträge im Kfz-Bereich. Das Fitnessarmband tragen Sie bitte rund um die Uhr an ihrem Handgelenk. Wir werden so über Ihren Lebensstil informiert. Je aktiver Sie sind und je gesünder

Sie sich ernähren, desto geringer werden auch Ihre Beiträge für die Krankenversicherung.

Mit freundlichen Grüßen

Heribert Knülling

Irritiert ziehe ich den zweiten Zettel aus dem Umschlag. Es ist eine Rechnung über eine Vier-Jahres-Miete für eine Fahrzeugüberwachungseinheit und ein Fitnessarmband. Zu bezahlen innerhalb von vierzehn Tagen. Rechnungshöhe: 637,40 €.

Ich pruste meinen Kaffee auf die Rechnung und in mir bricht ein Hustenanfall aus.

Ich habe keine 637,40 €. Auf jeden Fall nicht für sowas!

Irgendwie muss ich das rückgängig machen. Mit zitternden Fingern wähle ich die Nummer meiner Versicherung. Es knackt. Ein Tonband springt an. *Ein Tonband? Unverschämtheit* ... »Guten Tag und herzlich willkommen bei Ihrer Versicherung. Haben Sie fragen zu unseren Leistungen, drücken Sie bitte die 1. Wenn Sie ein neuer Kunde sind, drücken Sie die 2. Bei Fragen zu unseren Trackingsystemen drücken Sie bitte die 3.«

Ich drücke die 3.

»Bei Fragen zu den Trackingsystemen finden Sie Antworten im Hilfebereich unserer App. Diese können Sie für 3,99 € in jedem App-Store herunterladen.«

In mir beginnt es, zu brodeln.

»Dieser Anruf kostet 3,99 € aus dem deutschen Mobilfunknetz.«

Ich werfe mein Handy an die Wand.

17:00 h

Eben habe ich die App für 3,99 € heruntergeladen und bin in den Hilfebereich vorgedrungen. Da steht: *Bei Fragen zur App wenden Sie sich bitte an unsere Kundenberatungshotline.*

Dienstag, 08:00 h

Um wenigsten einen kleinen Teil meines Verlusts auszugleichen, beschließe ich, die Trackingsysteme in Betrieb zu nehmen, um Geld zu sparen. Also klebe ich die kleine Kamera auf mein Armaturenbrett vor die Windschutzscheibe. Die App verbindet sich damit und ich kann jetzt mit meinem Handy durch die Windschutzscheibe nach draußen gucken. Praktisch.

Als Nächstes ziehe ich mir das Sportarmband über. Auch das verbindet sich problemlos mit meinem Handy. Das folgende Problem ist schwieriger zu bewältigen: Ich müsste mich bewegen und das lässt sich leider kaum mit meinem Lebensstil in Einklang bringen. Ich gehe erst mal in die Küche und trinke meine sechste Tasse Kaffee. Sofort klingelt mein Handy und berichtet mir, dass meine Herzfrequenz zu hoch sei. Es nervt mich jetzt schon.

Ich schmiere mir ein Nutella-Brot. Also ein ganzes. Dann setze ich mich wieder aufs Sofa. Mein Handy klingelt und sagt mir, dass ich zu viel Blutzucker habe. Und mein Fettlimit für den Tag sei erreicht. »Halt die Fresse!«, schreie ich.

Mein Handy klingelt und lobt mich für meine sportliche Herzfrequenz. Ich stutze. In meinem Kopf nimmt ein Plan Gestalt an. Ich gehe in die Küche und koche mehrere Liter Espresso. Zwei Liter später erhalte ich von meinem Handy den Status »Athlet« und einige Bonuspunkte. Zugegeben – ich halluziniere auch und zittere am ganzen Körper, aber was soll's. Ich trinke einen weiteren Liter Kaffee.

09:00 h

Heute Abend habe ich einen Auftritt in Münster, langsam muss ich los. Zitternd schleppe ich meinen Koffer zum Auto. Das mit dem Espresso ist auf jeden Fall keine Dauerlösung. Ich fühle mich, als stünde ich kurz vor einem Herzanfall.

In der Einfahrt treffe ich meinen Postboten mit seinem Postfahrrad. Ich denke kurz nach.

»Zehn Mäuse, wenn Sie mein Sportarmband bei der Arbeit tragen«, sage ich.

Mein Postbote nickt und krempelt seinen Ärmel hoch. An seinem Unterarm befinden sich schon sieben andere Armbänder. Auf manchen erkenne ich die Namen von Nachbarn.

09:30 h

Mir geht's nicht besonders gut. Mein Herz rast, mir ist warm und kalt und ich fühle mich energiegeladen und latent aggressiv. Aber mein Handy sagt auf Basis meiner Herzwerte, ich hätte bereits mehrere tausend Kalorien verbrannt. Also halte ich mit dem Auto bei Dunkin' Donuts und kaufe mir eine Familienbox Nougat-Donuts. Zur jeder Familienbox gibt es einen Triple-Shot-Kaffee umsonst.

FILMRISS

Mittwoch, 15:00 h

Ich werde in einem Krankenhausbett wach. Neben meinem Bett stehen eine Krankenschwester und ein Typ, den ich noch nie gesehen habe.

»Guten Tag, Herr Fach. Mein Name ist Heribert Knülling von Ihrer Versicherung«, sagt der Typ.

Ich krächze etwas.

»Herr Fach, wir müssen über Ihre Beiträge reden«, sagt er.

»Vergünstigungen?«, frage ich.

Heribert Knülling bringt mich mit einer erhobenen Hand zum Schweigen. Dann zieht er einen Laptop aus seiner Tasche und stellt ihn vor mich auf das Bett. Auf dem Laptop sind die Kurven meines Koffeinlevels und meines Blutzuckerspiegels von gestern zu sehen, die nahezu senkrecht in die Höhe gehen. *Oje* … Der Versicherungsmakler öffnet ein Video. Das Wiedergabefenster ist senkrecht in zwei Hälften geteilt. In der linken Hälfte sieht man die Straße vor meinem Auto. In der rechten Hälfte mich, der ich zitternd und schwitzend auf dem Fahrersitz sitze. Man hört einen Motor aufheulen und die Kamera auf der linken Seite rast in atemberaubendem Tempo über die Straße. Im rechten Bild sitze ich mit manischem Blick und esse Nougat-Donuts.

Einige Spielstraßen-Schilder flitzen am Bildrand vorbei. Ich nehme einen großen Schluck Triple-Shot-Kaffee. Links überholt mich ein Ferrari.

»Angeber, dreckiger!«, ruft eine Stimme, die verblüffende Ähnlichkeit mit meiner eigenen hat.

Vor der Kamera taucht eine rote Ampel auf, an der ein Ferrari hält. Die Kamera macht eine Vollbremsung, ich, in der rechten Bildschirmhälfte, rucke nach vorne und lande mit der flachen Hand auf der Hupe.

Auf der rechten Bildschirmhälfte bin ich jetzt vom Fahrersitz verschwunden. Dafür tauche ich vor der Frontscheibe auf der Straße auf und trete den linken Außenspiegel vom Ferrari ab.

Die Autotür klappt, ich erscheine wieder auf dem Fahrersitz und leere meinen Kaffee.

»WAS RIECHT HIER DENN SO LAUT«, schreie ich, dann beschleunigt die Frontkamera erneut.

In der rechten Bildschirmhälfte sieht man, wie mir im Wagen ein Donut in den Fußraum fällt. Ich blicke vom Fußraum auf die Straße und wieder zurück. Dann zücke ich mein Handy und öffne die Frontansicht der Autokamera-App. So auf mein Handy blickend, hocke ich mich in den Fußraum, mit der Hand am Lenkrad, den einen Fuß auf dem Gaspedal, der andere angelt nach dem Donut. Mein Handy klingelt. Auf dem Bildschirm poppt ein Fenster auf und meldet, dass mein Postbote grade ein Mettbrötchen gegessen hat. Das Fenster bedeckt den halben Livestream von der Straße vor mir.

Es knallt. Das Bild wird schwarz.

Der Film ist zu Ende.

Der Versicherungsmann guckt mich an, dann wieder seinen Laptop, dann wieder mich.

»Was ist in Sie gefahren?«, fragt er.

»Ein blauer Passat, glaube ich«, sage ich.

Vier Wochen später

Wie ich aus zuverlässiger Quelle weiß, hat mein Postbote letzten Monat Gutscheine für ein Probetraining bei McFit und eine gratis Sitzung bei den Weight-Watchers in der Post gehabt.

Habe letzte Woche die erste große Überweisung bekommen. Wenn ich dem Burschen jetzt noch die Mettbrötchen abgewöhnen kann, habe ich die Beitragserhöhungen bald refinanziert.

Bei Lektora erschienen

Johannes Floehr

Buch

Wissenschaftler haben herausgefunden: Der Klappentext ist der wichtigste und zugleich unwichtigste Text eines Buches. Ihn liest jeder und niemand. Er dient im Optimalfall als Kaufentscheidung, kann aber, falls schluderig formuliert, auch abschreckend wirken, z. B. durch Rehctschriebfehler. Enthalten sollte er grundsätzliche Informationen über den Autoren des Buches: Wann ist er wo geboren worden, vielleicht auch warum? Hat er bislang etwas Tolles erreicht in seinem Leben? Wohnt er irgendwo? Sowas muss da hinein. Erst recht, wenn der Titel der Textsammlung nichtssagend »Buch« lautet und der Autor ein Krefelder namens Johannes Floehr (Jahrgang 1991) ist. Immerhin gewann er 2014 den Jugendliteraturpreis des Heinrich-Heine-Instituts für einen Text, der auch in »Buch« enthalten ist. Ob man herausfinden kann, welcher?

»Wenn man den Papiermüll der TITANIC-Redaktion mit all den verworfenen Ideen durchwühlt, aus dem daraus gewonnen Material Sybille Berg ein Haiku schreiben lässt und dieses anschließend von Olli Schulz vertonen lässt, hat das nicht wirklich viel mit Johannes Floehr zu tun, ist aber sicher witzig. Johannes Floehr ist auch sehr witzig.«
(Sophie Passmann)

ISBN 978-3-95461-110-2
12,90 Euro

www.lektora-verlag.de/shop

Bei Lektora erschienen

Jann Wattjes

Lauchentscheidungen

In der Bibel ist auch nicht jedes Kapitel geil

Stellen Sie sich vor, Sie stünden in einem Fahrstuhl. Eine andere Person sprintet ebenfalls zum Fahrstuhl und bittet Sie von Weitem, die Tür aufzuhalten. Aber Sie sehen nur diabolisch lachend zu, wie sich die Tür langsam schließt - die Person aber doch noch irgendwie den Fuß in die Tür bekommt. Das Gefühl, jetzt zwölf Etagen mit dieser Person im Fahrstuhl zu stehen, beschreibt ungefähr, wie es ist, Jann Wattjes zu sein. Seit Anfang dieses Jahrzehnts drückt er seine verständnislose Außenperspektive auf die Menschheit nun auch in deutschlandweit zelebrierten Kolumnen- und Bühnentexten aus. Zukünftige Historiker werden es als ignorierte Warnung anprangern. Vor einem Mann, der Delfine, Fernsehen und Burger King weit vor Konzepten wie Freundschaft und Wahrheit ansiedelt, von Seehunden großgezogen wurde, unironisch HSV-Fan ist und seine Pommbären in Schokoladenmilch tunkt.

ISBN 978-3-95461-111-9
12,00 Euro

www.lektora-verlag.de/shop